鄭順聰——著
夜在路的盡頭挽影灰

目次

推薦序

輯一：歪斜都市

輯二：小巧的局

輯三：時光縱貫

輯四：行路幾何

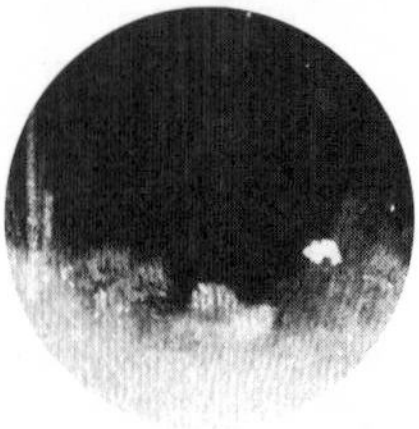

【推薦序】

散文語言的新範式

向鴻全

記得年輕時還在摸索學習散文的書寫形式、主題內容、美學技巧、語言腔調等相關知識，曾經有位老師問過我，最喜歡的散文作者是誰，當時我應該說了幾位非常著名的散文作者，有些現在已經印象模糊，有些卻到現在仍然是心中默默跟隨的作者——我記得當時我說了楊牧，那位老師接著問我，是葉珊還是楊牧？

我是先讀了楊牧，才往回讀了葉珊；讀了《星圖》、《疑神》和《奇萊前書》、《奇萊後書》，然後才讀《葉珊散文集》。我後來才了解，那位老師的問題，其實是關於創作論的本質問題，以及掌握一位作者創作歷程的方法，我想那位老師的意思，應該是如果不認識葉珊，恐怕也讀不懂楊牧，或者說，你想寫好散文，怎麼能不好好讀葉珊（或楊牧）呢？

在往後閱讀及寫作學徒的生涯中，我認為詩人作者的散文是一個很精緻的典範，就像葉珊時期的作品充滿音樂性、飽滿的意象和精鍊的語言，這會讓散文的風格有了抒情的美感，讓散文具有高度可讀性，也就是說讓散文作品中的字句讀來像首詩。

順聽這本散文集《夜在路的盡頭挽髮》，距離他前一本書寫家族故事的作品《家工廠》也有許多年了，這幾年來順聽致力於台語文學的創作與教育推廣，看起來好像和他的詩人與小說家身分有點距離，但是讀了這本《夜在路的盡頭挽髮》，好像能夠更理解順聽的創作歷程，以及這個歷程對於建構更具特色的散文作者的價值。

《夜在路的盡頭挽髮》大致結集了順聽從二〇〇三年以後的散文作品，作品內容分為四輯，涵蓋了他求學時期、當兵服役、做為既是異鄉又是家鄉的台北人經驗、以及旅遊隨筆紀錄等，這當中的篇幅長短各有不同，篇幅短的如收錄在輯二的諸篇，讀起來有像詩一樣的美的撞擊，也有極短篇的精巧發現或衝突感；篇幅長的如我喜歡的〈倪瓚〉、〈詭行〉和〈魚目〉，有著不同於以後順聽作品的開朗明亮，讓我們看到作者的後台，和許多私密的青春心情紀事。

當然，還有關於一個文青的養成術，我們可以從書中諸多作品中，讀到順聽年輕時讀了什麼書、遊盪過哪些地方、做了哪些事、看到了這個世界如何向他開放，都成為他重要的啟蒙經驗，如果可以，讀者也可以往回讀順聽的作品，可以開展更完整的地圖。

當然，做為一個致力於本土語言與文化保存的作者，順聽的作品還有強烈的地域感，那是他去過的地方都留下了很深刻的體會和觀察，從他的家鄉嘉義，求學時的高雄、台北（永和）、到服役時的桃園，都有他很細膩和充滿土地眷戀的情感，像是一位開著老計程車載著讀者穿梭在城市的巷弄間的司機，告訴我們這座城市不被看見的故事。

記得多年前曾經聽到我太太的阿嬤，用極為雅正的台語說了一個名詞，那是我這個出生在眷村的外省小孩（即使後來在服役時自以為學會了漂亮的台語，但後來才明白原來學會的不過是粗鄙市井的台語）從來沒有聽過的字眼，我當時臣服於語言的美的氣質，和具有社會歷練意義的生猛氣力；在順聽的《夜在路的盡頭挽髮》中，也隨處可見有標正確讀音的台語文，我都會認真的讀讀看，看自己是否讀對，我認為這不僅是對母語保存的執著和嚴肅追求，還具有某種有別於華語語言的美學性格，順聽的散文也有了台語的語言聲調的美感，這也讓讀者有機會透過母語更貼近土地，像是隨著詩的分行讓作品有了呼吸節奏，台語文的出現也讓順聽的作品有了一種他獨特的氣口（khuì-kháu）。

在此推薦順聽的《夜在路的盡頭挽髮》，是一本如詩的散文，也是一本用散文寫成的詩集，在充滿強烈社會性格和意識的散文浪潮中，《夜在路的盡頭挽髮》讓我們重溫散文的一種溫柔本色，和凝斂、節制的美學選擇。

・本文作者向鴻全，現任教於中原大學通識教育中心，編有《臺灣科幻小說選》（二魚文化）；著有散文集《借來的時光》、《何處是兒時的家》（聯合文學）。

【推薦序】

逆讀鄭順聰

吳明倫

聽哥——不知何時我們阮劇團這一夥老弟老妹開始這樣稱呼他，我記得／我想是我帶頭叫的，必定是在無數次麻煩他的其中一次，從此好像可以不再良心不安。（是的，超級惡劣……）固然人際關係中是你來我往友善互動才健康，但我們仗恃著年紀略小聽哥幾歲，簡直發展出一個專長：專門占熱血熱心博學聽哥的便宜。不管是台語詞彙和腔調的疑難雜症、嘉義冷熱知識諮詢、各種補助案製作案幫忙擔任顧問的需求、專業人脈推介，以上經常不管清晨還是深夜就直接訊息甚至電話騷擾過去。

請我們客N次這種不用說，為儲備團員上台語課、力挺首屆《十八銅人台語仙拚仙》獻出他的台語脫口秀；在二〇二〇年劇團因疫情減少活動而組織了專心修練創作的「台語工作隊」他也義不容辭參加，工作隊開會時對我有待進步的台語總是百般容忍鼓勵。

最近劇團趕流行，在clubhouse開聊，新手怕場面尷尬，事先邀了聰哥當我們的暗樁，結果他是全場最熟悉這個平台運作方式的人，看我們很遜太可憐了，直接接手控場穩觸觸（ún-tak-tak）。他像是我們的老師但沒有老師的架子，跟聰哥相處時很容易覺得自己是特別的——不然他怎麼會對我這麼好——但其實他對所有人都是這樣溫和有耐心又很能聊。（不過也可能因為他巨蟹我天蠍，同為水象本來就是比較合！）所以當聰哥問我願不願為新書作序時，簡直報恩時刻來臨，當然一口答應。

早在我還是文藝少女而聰哥還在《聯合文學》擔任執行主編時，我就意識到此君的存在，當時的文學刊物是少數可以提供一個讓我形塑文學世界的想像的快速途徑，可以說那時就是透過聰哥的眼睛和品味在了解台灣文壇現狀的。但二〇一三年認識聰哥至今將近十年，或許是太過習慣聰哥平易近人的說話，常常會忘記他其實是個能寫詩、散文、小說（近年還開始搶我飯碗寫劇本）的全方位才子。這十年間他持續創作不輟，幾乎年年有新作，展現高度自律和才華。我常翻閱的其中幾本，是阮劇團內特別是嘉中的學弟們人手一本讚不絕口的《晃遊地》（但我也很推薦大家去讀更早一點出版的《家工廠》）、學習台語必讀的《台語好日子：學台語的第一本書》，以及適合親子共讀促進感情的台語奇幻小說《挩窗去弄險：大士爺厚火氣》。在我心中他首先是努力耕耘同時又充滿遠見的文壇台語文推廣與實驗先行者，其次是嘉義出身的藝文界里長伯，所以當我讀了《夜在路的盡頭挽髮》時，我忍不住心裡一直想問：「等一下，你是誰？聽哥在哪裡？快還來！」這是我所不認識的鄭順聰。

更精確的說，由於本書有不少篇幅是聽哥在二〇〇〇年到二〇一〇年完成的，而這是比「聽哥」年輕很多的鄭順聰——我終於想起來，聽哥也曾年輕過（震驚）！那個階段我沒有親自參與到，但並非不能產生共鳴：你可以讀到他更充滿稜角、有時悲觀、有時憤怒睥睨人間的一面，那是青年時期的直率；也追索得到他對許多事物至今仍一以貫之的關注，例如比起同儕很早就開始使用台羅與正字書寫台語詞彙；又例如對台灣乃至世界各地的各種見聞觀察，從軍營到夜市，從童年回憶到性幻想，坦誠而無所不包。於是，這個二〇〇八年愛聽 **Keren Ann** 的鄭順聰，在二〇二一年跟我談血肉果汁機照樣談得頭頭是道，好像也是理所當然而在脈絡之中的（雖然我覺得他應該還是比較愛 **Keren Ann**）。《夜在路的盡頭挽髮》也成為聽哥又一本我願多讀幾回的好書。

因此我是幸運的，搶先一步對於這位總是照顧後輩的聽哥有了更多的了解；而不認識聽哥本人的讀者是不幸的，你們只能透過文字喜歡他，但喜歡歸喜歡，你們可沒辦法拗他幫這個幫那個。

・本文作者吳明倫，嘉義市人。現為阮劇團編劇，近作為阮劇團《十殿》。創作企圖透過現代眼光重看民間信仰、連結在地文化，期望說出屬於臺灣的故事。嘉義市東區快食王。與劇場友人共組美太妹aka米篩目樂團（三年一次團練）。

輯一：歪斜都市

惝怳

趁外出送件之便，以公事掩護私事，夾帶匯票，到郵局領錢。連幾天寒流來襲，下午太陽露臉，在此大好時光，溜班領錢，真是兩全其美。匯票的金額雖寒傖，乃投稿經錄取刊登於報紙之稿費；過眼者數量未知，有朋友來訊說讀到了，那也值得了。

問服務櫃檯，義工往天上比，我抓住扶手，步窄隘的迴旋樓梯而上。郵局的二樓，擠滿了人，心頭一驚，猶豫要不要等下去。還是抽了張號碼牌，三九九，一整排的數字燈，距離最近三八一。十八組時間插入，長度未知，等待的係數得重新調整。

撿落地窗旁的椅子坐下。窗外景色甚佳，對稱的行道樹以及整片公園的綠葉向遠方，午後冬陽在天空熔破洞，分好幾道光束射入眼中，我無力招架，轉身背對陽光。冬令時節，號碼的遞增還在夏，椰子樹久久才落下一葉，慵懶遲緩。我焦急了起來，怕時間拖太長，若晚晚回辦公室，主管會起疑。

又想快快領到那筆錢，三八九，還有十個號碼。冬陽看似軟弱，實則威力十足，曬久了，身體漸感燥熱，熱到彷若有汗滲出，層層衣物包覆的皮膚好似被針扎了一下。

望向窗外，順著陽光的路徑，從既枯且疏的行道樹樹葉穿過淨透的落地窗，回頭看室內，陽光自扶手的花草鑄鐵，抓一把影子，撒在樓梯間的白色牆面。

花草影子大致清楚，帶一丁點模糊，這幅繪畫，風格並不寫實，是印象派的光影，綽綽約約，出神的我把這畫以外的一切抹除，進入浪漫的情境，鋼琴聲響起，好似有什麼愛情故事即將發生。

行道樹被風吹動，畫微微騷動。

此時的我多盼望號碼越慢越好，讓賞畫的心情旋律線，拉長再拉長。

然而，再不回去，以後就沒機會了。

賞美與焦急兩股心情對向，拉扯成漩渦，將我的意識捲入花草影子中。

「三九八號請到八號櫃檯。」

我的眼睛迷濛了起來，冬陽虛幻了真實，分不清花草與影子，但覺迷離惝怳。

——二〇〇五年十二月二十三日

上班末途

再右轉，就到公司門口的站牌，公車被紅綠燈擋了下來。

每天每天，上班總會經過這條路，由於轉入重要交通幹道，大動脈一出事就會鮮血迸流，因此這條不痛不癢的小路，紅燈特別漫長，將時間讓給了幹道。都市最不能忍受的拖沓，就丟給附屬者，這樣的境況，我早習慣。遭逢此境況，就識相地把頭偏向一邊，看看窗外，讓時間靜靜流淌，如同公車底盤之下隔著人孔蓋的地下水道流。

反正我都提早上班了，時間是隆起的冰山，融化了，糖水還是滿滿一大碗，沒什麼好擔心的。

春天是躁鬱症患者，情緒落差甚大，昨天雷雨急襲，公園滿地落葉狼籍凌亂，有些街道還成災，冒著大雨下班，到今早鞋尖仍是溼的。上班的鞋只有一雙，沒辦法，硬是穿出門，沒想到太陽比昨天的暴雨還猛，光線洶湧，幸好不成災，反倒心情愉快，哼哼唱唱上班去，在最後的路口，紅燈，憋氣忍耐。

夜晚。

噓……翻唱 The Velvet Underground 的 ‘Stephanie Says’ 之後，我聽著 Barði Jóhannson 和 Keren 悠悠游游地唱著 ‘Suicide is Painless’：

……

that suicide is painless
It brings on many changes
and I can take or leave it if I please.

……

在這樣的深夜，聽到如此嚴重的歌詞，「自殺」是怎樣的東西？它被許多宗教與衛道人士視為洪水猛獸，絕對不可行；也有人藉販賣牟利，如同《完全自殺手冊》大為暢銷。我在想，失去生命意志的出口，是頹廢派文人的入口，如同吸毒那般令某些智識極高、精神狀態癲狂的人反覆推敲辯駁。深夜此時，反覆聽著這首歌，以一種沙龍式的慵懶思考自殺，來自蘇格蘭艾雷島帶著藥水味的酒精將我的精神狀態拉拔至高潮，跨越人類的所有時空以及文明的波折起伏，我想著自殺這個命題……。

它迷人，可以讓人脫離不堪的處境。若是忍受不了廁所的臭味，洗完手便可離開；受不了一間公司的荒腔走板，拍拍屁股辭職走人；對國家失望透頂，就申請移民；我可以離家出走、退出政黨或是結束一段痛苦的戀情……很多時候，迫切地想脫離某種情境，那就是離去、離去、離去。

誰說「無所逃於天地」的呢？有種例外，那就是自殺。對許多景況悲慘的人來說，自殺是解藥；那些要求完美剔淨不容許一點瑕疵的極度潔癖的人，對現實的每一道細節都要求達到心中理想的人來說，當其無法接受以至於成天燃燒憤怒成灰燼時，脫離現實的方法，唯其自殺而已矣。

對我而言，自殺不可作，卻可吟可頌可以當作哲學命題來思來考，當中有無窮的樂趣，想像那些對人生存著刻板印象、不容許悖德出現眼前卻造業無數的衛道人士；我想起那些成天喊著要尋短，其實是要博得他人同情以貪取更大利益的大虛偽者……。

每每想逃避現實厭惡這世界時，就在睡前想著我若是自我了結生命之後，就可以不必負擔這些責任，如同辭職去流浪，我就會很好睡很好睡……。

想像自殺是種麻醉藥，暫時讓自己有種頹廢靡爛的無邊感，很像那些日本文豪或是波特萊爾之類的，沉浸在這種氣氛中還頗有與眾不同的個性感。

但一切一切還是得面對現實。

隔天一早帶著宿醉，還是要打起精神，工作、應付無聊的人、擔起人生的責任，咒罵自己沒種也不敢自我了結，還是賴活著吧！像這世界上百分之九十九・九的無恥之徒。

——二〇〇八年二月四日

夜半，我浸在黑潮中

若是，黑潮咖啡館只剩下我一人了，老闆會貼心地為我播放薩替（Satie）的音樂。此時的夜，已經很深很深了；而我，真的是越來越孤僻了。

「孤僻很好啊！」最近我一直這樣想。

沒有大型連鎖店那樣吵雜煩心，泡咖啡館的最高境界，是整間只剩我一人，唯我獨有。

然而，想一想，那樣還真是不道德，黑潮咖啡館熟客很多、生意可好得很，像太平洋真正的黑潮一樣，生機盎然，如果只剩下我一人，那就表示——已經過了半夜十二點，識相的客人都回去睡覺了，但我還像蛀蟲般死留。

不過老闆不趕人，會陪著你，聊東聊西，談天說地。

他叫小K，留長髮紮馬尾，會坐下來跟你分享咖啡或者威士忌的品嚐心得。他說話時有點口齒不清，用台語講，就是有點大舌（tuā-tsih），這絕無歧視的意思，從小到大，每一位我碰到的「大舌」的朋友，都很——誠懇。

薩替是法國人，活在十九世紀末、二十世紀初，也遇到了世紀末，過著晝伏夜出的日子。白天只管睡覺，晚上就到小酒館彈彈鋼琴賺點錢，他的音樂有一種說不上來的怪異，我卻是如此地喜歡。薩替的音樂沒有煩膩的人情世故、也不談大道理，他有的，是一種很個人的節奏、旋律，只存在於世上某一處偏僻的角落，他不寫那些大而無當、歌頌眾神歌頌戰爭的大編制交響曲、歌劇。

而為壁紙與家具譜曲。

如果怪跤（kuài-kha）薩替晚上在Kuroshio，這家介於永康街與青田街的黑潮咖啡館，我想，我想，他會譜出怪異的海藻音樂、珊瑚礁音樂，甚至是最早最早的大自然音樂。

因老闆小K極愛海洋，在咖啡館的牆壁上掛著鯨豚的繪畫、圖片，書架還擺上好幾本關於鯨豚的書，海洋作家廖鴻基是他仰慕的作家。小K就是這樣一位自然、開朗如海的吧檯手，可以包容我這自私的客人，十二點鐘聲聲敲、還不走。

夜這麼深了，只有這樣的地方，才能容納我這樣一個和人越來越沒話說的孤傷者，想像著穿黑西裝、戴黑高帽的薩替，獨自離開小酒館，路燈將他孱弱的影子投射在小石子鑲嵌的路面。薩替哼著歌，正計劃要走回隘仄的家，作曲到天明，那曲子或許叫「三首吉姆諾培迪」、「在最後之前的思緒」。

世紀末巴黎街頭，只有薩替的靈魂，踽踽獨行。

老闆小Ｋ一邊跟我聊天，一邊收拾，準備打烊。

想想是否要離開了，我陷入冥思……聽到桌椅收攏，扣扣扣；以及杯子的碰撞聲，叮叮叮。

突然冒出一道疑問的符號：奇怪了，我聽的音樂很雜，為何小Ｋ總為我播放薩替呢？

想著想著才想起，薩替與我無關，而是那位晃蕩者的關係，我之所以來黑潮，是因晃蕩者帶路。那次，黑潮咖啡館正播放薩替的鋼琴音樂，恰是晃蕩者的最愛，以是我們聊啊聊到半夜兩點多，聽了徹夜的薩替，所以小Ｋ才把我和薩替聯想在一起。

那晚實在難忘，晃蕩者談起流傳在康青龍溫咖啡館群的社會版新聞，有一間著名的Ａ咖啡被砸，而晃蕩者就是當場的目擊者：

話說某天下午，晃蕩者悠轉轉悠地到了A咖啡，他撿了個靠落地窗的位置坐下。午後的陽光正美，門外傳來摩托車聲轟隆隆，隨後，落地窗就破了，晃蕩者嚇一大跳，連忙躲到角落。此時一群人衝了進來，舉起椅子就往吧檯砸，玻璃杯馬克杯碎了滿地，咖啡隨著開水牛奶流溢，老闆不知躲哪裡去了……待砸場的人走了很久很久，躲在角落的客人才起身。

晃蕩者不僅口述，還摹擬當時的情境，親身示範，重複表演了好幾次。

咖啡館環境單純，為何有人要動手砸店呢？小K、晃蕩者和我議論紛紛。

底事A咖啡被砸？我不是很關心。

倒是小K說，如果他的店發生了同樣的事，他會跟他們拚了。

講話有點吃力的他，一個字一個字，很堅定地說：

這家店是我的全部。

當然，不是每天都有新鮮話題可聊可提神，也不能每次都搞那麼晚。十二點偏過一點點，不能太多，我就該走了，不要耽誤老闆睡眠的時間。

該付帳了，我從棉花棒塑膠盒內拎出平日蒐存的零錢，在桌上疊羅漢，零存整付，也給小Ｋ找零用。

我這爛客人跟誠懇的小Ｋ道別，也跟古怪的薩替音樂告別，往我賃居的狹小公寓走去。路燈將我的影子投射在柏油路面，不怎麼清晰，有點怪怪的。

深夜，台北街頭人還很多；只有，我的靈魂是歪斜的。

——二〇〇七年三月二十一日深夜兩點多初稿，三月二十七日完稿

永康街蒸發

金華街下車走沒多遠，我轉入南永康街，此處有兩道轉彎，呈「ㄣ」字形，地方不大，但有許多小店，算一算種類還真多：賣酒、賣茶壺、古董及二手電視衣著，還有花枝羹、台式酒食以及一間老理髮廳。更不可思議的是還包藏一座公園，走過樹下的公布欄，新貼「萬人禪修」海報，明亮的下午，街道沉靜悠閒。

穿越公園，轉角是一家古董店，招牌寫著「罪性本空懺悔即無」，這勸世字語我讀了無數次，早麻木無感，但走著走著快到昭和町時，我心頭一震，唸了聲「阿彌陀佛」。

才過了個假日，永康街一間久無人居的老房子，人間蒸發。

工人蹲在破磚碎瓦間，不知是發呆，還是在殘骸中尋寶；怪手頭靠地休息著，機身骯髒，噴上「大榔頭」油漆字。

總是這樣子的，要等到事物消失，才會認真回想：那房子頂蓋黑瓦，窗構木櫺條，兩層磚造，外鋪洗石子，盈溢日本民居的味道。

拆都拆了，接下來呢？我想，是準備搭樣品屋賣豪宅了。

巧合的是，前幾天喝酒到深夜，回家的路上突發奇想，跟朋友藉微弱的路燈，欣賞這棟老房子。我鬼鬼祟祟鑽入側旁巷子，踮腳試圖偷看圍牆內的後院，只差一個念頭，就會變身日本忍者，彈跳而入。我猜想以前這裡住著怎樣的人家，是日本人？國民政府的大官？幻想主人曾忘我地聽著黑膠唱片，沙發散發真皮味道，小女孩赤腳踏過木頭地板，咚咚咚咚，興奮地打開窗戶，自二樓，迎接晨光。

沒想到，那晚竟成了我最後的瞻仰。

一九九〇年代，當我還是大學生時，在報紙讀到三峽老街即將被拆除的新聞，不遠千里特地搭車前往，用相機記錄街屋每一道立面。那日陽光太強，照片些微曝光，似是我的不捨與感傷。幸好，三峽老街終被保存，整修後還盛大慶祝重生；但賃居永康街兩年的我，卻沒為隔鄰老房子留下任何影像。

真是可恥，十多年過後，對老事物的熱情，也蒸發消失了。

曾為購屋安居故，勤於穿繞街巷，注意一棟棟剛落成的新樓，那些房子，廣告詞簡直是詩人的苦心孤詣，圖片美而高雅，進口高級石材，國際大師大手筆，門口移植來的老樹蒼茂，營造出美好的生活氣息。工作忙碌，金錢逼人，我的時間難以停佇，對那些將情感的椿打得很深的老房子，無法靜下心來好好欣賞。跟著房屋仲介員奔東徂西，我的腳步遲慢，追不上水漲船高的房價。夜晚頻頻亂夢，到底，最後搬入的，會是哪一棟樓呢？

很有可能，我未來住家的前身，是一棟迷人的日式房舍。

工人拿起水管噴灑浩劫後的基地，防止灰塵飛揚環保局罰單開來，地上積了一攤水，天氣炎熱，很快就會蒸發——房子也蒸發了，我想像磚瓦像水分子一樣往空中飛去、飛到雲端累積到一定重量然後……。

「叭！叭！叭！」實在很不耐煩，人與回憶和感傷是這世上最重要的事，為何總是要讓給車子，讓給地產開發商以及匆促忙碌？

我龜縮一旁，拾起洗石子的碎片，往殘骸狠狠擲去。

——二〇〇八年六月六日《中國時報‧人間副刊》

詭行

走到最後，我心生後悔了。

長那麼大，早摸清鬼屋底細，人扮鬼欲將人嚇成鬼，恐怖道具地獄景象都是假的。但這泰國的百貨公司很無聊，從地下一樓很快就逛到頂樓，聽到淒厲的尖叫聲，分不清是特效還是肉喉。鬼揚起斗篷到我面前張揚，伸出墨綠色尖利指爪，臉上一道斜切的鮮紅傷疤，妝畫得粗糙，動作稚嫩，太太被嚇得花容失色，我翻出眼白雙手平攤。

鬼無趣，悻悻然找其他獵物去。

這就是廉價旅行團的下場，剛用完早餐，就被運到百貨公司放養。鬼之產業全球化，遠從西方飄來泰國，也沒請當地的好兄弟助拳，都是洋鬼，我這東方人不起雞皮疙瘩，反倒氣血舒暢、脈搏平穩。

拉太太探險去，死都不從，入場券買單張，剪票員說：裡頭沒人。

作為唯一的活體，我步入陰間在陽世的租界地，閉路攝影機開隻眼，工作人員扮鬼，準備上工。

猶記得國小畢業旅行，老師把我們這群野孩子圈養在遊樂園，裡頭就有間鬼屋，我懷疑，泰國鬼屋是從彼時彼地乾坤挪移來的，過程類似，漆黑隧道引領我回到小時候——鬼聲啾啾，音響不太優，然後，就有了光，櫥窗一格格螢光亮，我看到：棺材蓋掀開，木乃伊緩緩坐起，機關卡卡；殺人魔砍掉頭顱，血噴檳榔汁；女鬼幽幽然飄來，撥開頭髮，眼睛單個眨呀眨……倒吊的嬰兒蜘蛛我都不怕了，終於、終於有工作人員，當場解剖大體，用蹩腳的英文細數內臟名稱，我潑冷水：Oh! So What!

只見他空中捉物，往我臉上一甩。

幸好、幸好不是體液腦漿，我抹去臉上的水，恢復現實感，從屁滾尿流的國小彼時回來，確認現在的我，身高一七二，陰毛已長齊，研究所畢業後遠離學校，當兵、工作、結婚，員工旅行遊泰國，隻身闖鬼屋，瘋子一枚。

接下來是一段長長長的甬道，光被澈底禁絕，來測試空間幽閉症，撩起人對黑暗之最恐懼。我心理素質強，早做好萬全準備，走著走著，腳底頓時軟陷，哎呀！不過是地面改鋪海綿。天花板突然打開，掉下軟綿綿的絲線，沒什麼好怕的啦！

此時此刻，全然的黑暗，聲音皆不入，只聽到，自己的呼吸。時空再次錯接，回到那次的畢業旅行，多麼快樂多麼美好，記憶加速度快轉，揮淚高唱驪歌後，瞬間擠入國中煉獄，惡補、填鴨、窒息，全然的黑暗。我看到，視網膜逆溯神經到腦丘的皺褶凹陷處挖出一張臉一雙手，國中導師摸我右臉頰，早自修遲到，掌嘴三下，啪！啪！啪！

臉頰熱辣，我孤夜獨行。

轉喇叭鎖開一扇門，裡頭什麼也沒，原來，空曠也是種驚嚇法，唯牆壁的螢光圓點饒有秩序排列，我人機伶，順著牆壁摸，賓果！發現緊身衣小鬼，昆蟲般藉螢光圓點偽裝，我大喊：「You are here!」形跡雖被發現，盡責的小鬼仍往前一縱，這突來的動作著實嚇到我了。

說時遲那時快，怪獸轟然出現，演技還不錯，步伐怪異表情夠猙獰，數了數隻數，一、二、三，我拔腿狂奔，配合B級恐怖片的演出，抓髮嘶吼，再冷不防地轉身問：「Is this work Funny?」怪獸面面相覷，我大笑，將黑暗跑到盡頭，那兒，該有光。

百貨公司頂樓挑高，自鬼屋的陽台跑出，回到人間。底下走廊整潔明亮，行人三三兩兩，不遠處傳來遊樂場細碎繁密的電子音，太太嘻嘻笑，比了比旁邊的小門，探險還沒結束。

接下來，會發生什麼事呢？超級邪惡的大魔神？鬼哭狼嚎效果更逼真？驚嚇度即將飆至最高點？微微斜度帶我走下坡道緩緩，身旁是一幅幅油畫，描繪西洋經典鬼故事。我自問：怎會走到這地步？在博物館研究人類恐怖史？鬼怎麼都不見了？偌大的鬼屋單我一人，走路吊兒郎當，反應平淡，沒被嚇到就算了，還反身挑釁。我想，是眾鬼意興闌珊，回棺材充電去了。

路越走越長，黑漆漆空蕩蕩，恐怖的氣氛籠罩，我竟感到害怕，視網膜逆溯神經在回憶的皺褶間挖出竹棍，擊打鱷魚肚腹的竹棍，紅衣金邊鬥鱷人，拖出兩棲類猛獸，扒開尖銳牙齒，先將手掌放進去測試，然後壓上頭顱與性命……音聲禁絕，光也禁絕，我看到，竹棍變質變色抖動成半透明果凍，國中二年級，因藤條打斷好幾根，導師改用熱熔膠教鞭，不僅耐用，打起來更痛，導師站在領袖照片底下，警告：「誰要是給我亂來，不好好讀書，我就用這支對付你的屁股。」

陽光穿刺玻璃帷幕，大面積大面積撒入，太太笑臉滿盈，比出大拇指，高讚她勇敢的丈夫出鬼門。走電扶梯，我們到絲綢與雕刻品商店走逛，午餐時間來得真快，團員依導遊指示魚貫進餐廳，我夾生菜沙拉，淋一大勺黏稠噁心的千島醬，薯條堆成萬人塚，雞翅雞腿雞胸噴出肥油。走過陰間的租借地，穿越死亡之甬道，回到活潑潑的陽間，我以暴飲暴食恢復生氣。

吸光可樂，打個嗝，摸了摸膨脹的肚子，三魂七魄都收回來了，我是當下的我自己。

「一個人闖鬼屋，你不怕嗎？」太太問。

「裡頭都是老把戲，那些假鬼裝模作樣的，我不怕。」我說。

「騙人，要說實話喔，你真的不怕嗎？」太太再問。

好吧，要說恐懼，全天下我只怕蛇，有毒沒毒，都可以把我嚇到雙腿發軟。此次泰國行有處「蛇毒研究所」，說穿了就是賣藥的，將蛇皮扒光發揮效用到極致，號稱可治皮膚病，清熱、解毒、保肝，同團有人大手筆購買，我敬謝不敏。

蛇腥黏糾纏，陰陰吐信發出惡臭，我內心的恐懼如蛇出洞，跟太太坦承，鬼屋走到最後，我是真真切切感到害怕了。全然的黑暗喚起我國中的回憶，導師手中扭動的熱熔膠粗棍，別號「筋筋橡皮糖」，我沒領教過，看其他同學被打就夠駭人了，更駭人的是某個週日，我們升學班如常到校惡補，晴朗的午後，導師莫名其妙捉狂，氣得把椅子往外砸，對我們這群野孩子大吼大叫，那是國中最暗澹的時刻，我當場痛哭，一方面害怕，一方面擔心導師想不開。叛逆期痛恨高壓束縛，但也不忍朝夕相處的老師崩潰，回家後當晚失眠，不小心睡過頭，臉也沒洗亂髮衝到學校，導師早在講台等候，偉大的領袖底下，早自習遲到，依規定處罰，你，臉過來，啪！啪！啪！

太太笑了，輕蔑地笑，說我的國中只是小兒科，她的導師才厲害，如馴獸師調教馬戲團，常如此說：「我打你，是對你有期待；當我不打你時，不要高興，那表示我放棄你了。」太太國中也讀升學班，及格分數定在九十，少五分處罰一大下，導師教數學，成績單遞上講台，瞄一眼就打，次數從沒算錯過；部位看心情，手、屁股、腳底板，敲指關節最痛；刑具有藤條、鐵尺，或自竹掃把抽出那打手心會反勾手背的細竹枝：「我這麼重視成績，嚴格要求，是為你們好，長大後就會瞭解我的苦心，以後，你們一定會感激我的。」導師這麼說，全班同學低頭不語，課堂的氣氛高壓，快樂被全然禁絕。太太永遠記得，聯考前最後的夜晚，導師走進教室，關掉所有的燈，面對黑板，背對同學：「從今以後，我再也不想看到你們，我們從此斷絕師生關係。」導師總是說，你現在交到的朋友，會是一輩子的朋友，沒錯，畢業二、三十多年，年年有同學會，談愛情學業工作婚姻，氣氛熱絡歡愉，卻刻意忽略導師。國中留下的傷痕，仍未癒合。

「他帶給我的知識，遠遜於恐懼。」太太說，鬼屋與學校都很恐怖，但鬼屋偶爾去個一次，學校卻要天天上，他們升學班全年只休除夕與初一。鬼屋不過嚇嚇人，換得尖叫與刺激，不會有事的；老師手中的教鞭，真的會打下去，保證痛、非常痛，瘀青、流血，在青春的歲月中留下難以癒合的傷痕。太太不解，老師家長總是說，國中是最關鍵的年紀，這個時期成績拉起來，打好基礎，將來考上公立大學，人生就會平順，否則就要淪落到社會底層，用勞力揮汗工作，沒錢沒地位。我和太太都是乖乖牌，都是認真讀書的好學生，害怕懲罰，憂慮未來，安分地縮在桌椅小天地，不敢喧嘩吵鬧，國家社會給好學生規劃了完整的輸送帶，我們半推半就完成整套流程，拿到學位，謀得理想的工作，人生照公式走，到了這一步，來到南風吹拂、香蕉榴槤的國度，抹去釋迦表面的髒垢，我看到，天際線浮現金色尖頂，峭壁描繪偉岸神明，骨白佛塔猶如顴骨下巴腦殼壘砌而成，坐大象涉溪遊森林，古式按摩、人妖表演、海灘拖曳傘……洵美神祕或刺激驚嚇，都在旅行社的規劃中。這眾佛庇護的國度，樹根盤纏成蜘蛛網，潔白雞蛋花飄落一地，高敞的寺院裡，和尚盤坐，燭身刻鏤的菱形花紋幾何排列，等燭火來吞噬。

依領隊的指示上車，遊覽車預先開冷氣，座位冰涼舒適，接下來，竟有兩個小時的車程，要去全東南亞最大的表演廳。這幾天，走過宗教博物館、海島渡假村、歷史建築園區、野生動物園，猶如羊兒被趕至各地圈養，行程制式呆板，我和太太都很不滿，但公司全額補助，旅行團就這個價位，也不敢抱怨。車尾有人竊竊私語，說昨天在珠寶精品店買太少，導遊抱怨不已，威脅的話流傳整夜，我不怕也不想搭理，導遊能怎樣？把我們騙到荒郊野外丟進鱷魚池？

晴天朗朗，芭蕉葉肥厚，笨笨地隨風搖曳，現世安穩，我是現在的我，我不是現在的我。聽著導遊的聲音，麥克風放大食物的美味、藥丸的療效，人生的旅次至此，我心生後悔了，半夢半醒，被睡意拖進鬼屋，來到國中的教室，鱷魚在台上講課，領袖的照片歪斜，打斷筋筋橡皮糖……導遊高舉產品靠近，猙獰如鬼，問有沒有人要買，很便宜的，買三包送一包，來！來！來試吃！內心的不安越來越強，深怕最後的路會走不完，花錢消災或慘遭毒手，我是現在的我，現在的我不是我。

全然的黑暗中，我緩緩舉起了手。

——二〇一三年八月二十九日

魚目

邃眼男子遞上小卷，我一口咬下，海邊那麼闊，腥與鹹都在其中。地上一排塑膠圓篩，曝曬魩仔魚（but-á-hî），銀細閃亮，無辜小卷隨漁網上岸，零零星星，在魩仔魚中顯得巨大。邃眼男子邊撿邊吃，塞給我滿滿一把，嚼著嚼著牙齒染上了墨汁，浮世繪黑齒美女般逗趣。轉頭，我看到，包頭巾婦人抖了抖圓篩，將魩仔魚抖入紙箱內，溼的往北送，中南部偏好乾鬆，藍色油墨在瓦楞紙箱戳印商標住址電話，等發財車，送往各地市場。

陽光熾豔，燈籠長龍懸於空中，影子投落廟埕，隨風搖曳。

問邃眼男子是不是原住民，他說自己是正港的海口人，繼承家業，與哥哥協力經營魚鮮加工，見揹著相機的我興味盎然，遂將田調現場拉到工寮，裡頭鍋鼎滾沸，工人倒入大把大把的粗鹽，魩仔魚很快就煮熟了，泛著一層乳白色泡沫，飯篱（pīng-lē）熟練地撈起魩仔魚，熱騰騰溼淋淋，溢出的熱湯流入排水溝，騰冒白煙。

邃眼男子越講越高興，撮一團魩仔魚，在手心撥開，肉煮熟就不再透明，眼睛脫落、白化或黑圓如石，樣子都差不多，邃眼男子卻可迅速唱名：花身仔、午仔、沙腸、狗母、煙仔……。

我搖手道別，離開這依附廟宇的魚鮮工廠，步上堤岸，太陽已俯臨海平線，很美，符合我之前對漁村的想像：走幾步路就是大海，心胸隨之開闊，日日有落日可看，晚霞絢爛，卻也是，血的滲出——漁港住幾天，我看到的實況是，閒岸空船，無魚可捉，我絕對不買魩仔，那是上百種魚的幼苗，人類再繼續吃，海的肚腹依然鼓漲，裡頭死胎。

但我的晃遊還能走多遠？吃喝玩樂沒有盡頭，都市找不到出路，突發奇想，孤身殺到島嶼西南隅，想體驗海風吹拂的生活。漁港偏僻幸還算小康，時間若是粗礪的岸石，三合院即貝類，湊聚且緊緊吸附著，在海浪烈日的侵擾下，小心翼翼吐出殼內的肉，以家與信仰維繫生存。

猶記得第一天來，巧遇媽祖出巡，陣頭在市區綿延盤桓，公車進不去，求救民宿主人摩托車來載送，穿街繞巷到三合院民宿，我丟下行李，隨即衝去看熱鬧，迎面而來的是兩人高的大神爺，繡衣華麗搖搖擺擺，彩繪更精彩，蓮瓣在春大神的臉上蜷曲，夏大神威嚴肅穆，虎面秋大神，鳥喙冬大神，花草紋路在街道繚繞蔓延，神轎精雕細琢，還有七爺八爺、花籃會、三太子……站在街旁看許久，嗩吶、鑼鼓、鞭炮、電音，各類聲響齊發。此流動的舞台，氣氛歡鬧，不似都市的表演場所，謹小慎微，密閉空間之賞看帶強烈潔癖，心眼總是批判，身體給冷氣空調得發抖。還是這街仔的嘉年華過癮，天寬地闊，自由來去，短褲拖鞋隨性，聲音越響越好。

漁村晃遊多日，早看熟了此地的景致，站在海堤上，落日就在身旁，往內陸望，水泥樓房與紅磚矮屋夾雜，最顯眼的永遠是廟宇。海洋，是隻陰晴不定的巨獸，人在其中搏鬥，朝不保夕，海口人的信仰特別虔誠，錢與命運都奉獻給神明：媽祖、王爺、廣澤尊王、佛祖、玄天上帝、清水祖師……這裡是神明的客廳，三步一壇，五步一廟，我當作美術館走覽，樑柱匾額的字句時見妙趣，書體更是搖曳多姿，壁堵彩繪不必劃線保持距離，抬頭就是藝術品。但最神的是廟祝，比美術館解說員還厲害，神明來歷、建廟歷史、傳說神話，在地的文學恣肆無邊：不知何處來的電波，讓木頭如手機般震動，雕刻成三太子恭奉；透過電腦傳旨，齊天大聖自遠方來安座……原來原來，魔幻寫實不只中南美，這裡的文本超幻，飛天鑽地，比好萊塢更曲折詭奇。

我將堤岸走至盡頭，沿碼頭而行，寬厚的內灣如母體，擁抱疲憊的漁船，船頭斜斜上翹，桅杆與繩索，即將編織一場夢的夜航；向前行，經過魚市場、船塢、紅樹林，來到一彎小沙灘，孩子戲水玩樂，釣客拉起活跳跳的石斑；長長的防波堤直指海中央，晚霞絢爛，燈塔此時背光，如一道萎縮的剪影，那是喃喃自語的卡夫卡。

手機響了，民宿主人來電，說晚上還有聚會，我摸了摸肚子，不得不答應。住海邊的人實在太熱情，日日招待遠道而來的我，飯菜還來不及下肚，敬酒罰酒拚酒接連而來，瓶蓋如小鋼珠掉落，空瓶罐以打計算，連喝了兩晚，我的胃塞住了，但盛情難卻，先回民宿等候。

矮磚屋與矮磚屋背與背之間的縫隙，就是巷道，在太陽沉沒、路燈未亮的將暗未暗之際，漁村迷離惝怳，現已不多見的灶煙，在破屋瓦間裊裊升起，混雜著海鹹與魚腥，在我的鼻腔纏結。迷了一小段路，好不容易走回民宿，主人還沒到，親戚在門口泡茶，身上散發肥皂的清香，我與其對坐閒談，才知道，他是正港的漁夫，十幾歲就隨父親出海捉魚，那時無機械動力，舢舨得徒手使力划行。成家後，胼手胝足買了艘船，魚蝦螃蟹什麼都捕，捕烏魚的黑金年代更沒有缺席。他說，討海太辛苦，要親身體驗才能夠瞭解。某次暴風雨驟至，船內的水淹到胸部都快沉了還要死拉住漁網，一飄走，就再也回不來；海上衝突決鬥，拿起武器就衝，先分出勝負，回港口再談賠償；撈不到魚煩惱，滿載更怕對岸的漁民來搶……喝了口茶，換我談起廟埕的魩仔魚，批評生態浩劫，只見他臉色黑沉，說其漁船已閒置兩個月，原因很簡單，捉不到魚，漁網都快晒成豬腹內的網紗（bāng-se）了，好不容易有漁汛，捉緊機會大撈魩仔，今天賣出新台幣十八萬，錢看似很多，油與機械的耗損不算，股東還要平分，所賺有限。他的船一次買兩艘，才剛點睛放鞭炮賀出航，花了一千多萬，不知何時才能回本。往過去回溯，說日本人為了建軍港，把祖先趕來這裡，卻無天然碼頭，向政府爭取多年，好不容易建了座現代化漁港，軍事管制竟然擴大，水域就在眼前，禁止捕魚作業。老漁夫嘆了口氣：

外地人毋知影討海人心酸，用魩仔魚的目睭看海。

我相當尊敬這位勇者，但竭澤而漁就是短視。民宿主人終於來了，大家都在等我，跳上摩托車離開。沿岸而行，漆黑中，經過一排廢棄的古厝，那是漁村最驚人的意象，海浪如手，扒去老宅的屋頂，露出空洞的核心；磚頭碎裂在地，猶如拆散的字句，胡亂拼貼，一首首橫生怪奇的現代詩。

海邊的聚會位於懸崖上，直接就面對海，沒有任何遮蔽，這是當地人的祕密基地。猶記得第一天傍晚來，朋友如此白描：「我有一個發現，黃昏時海面會有一絲絲的雲，切過太陽的上半部，太陽往下掉，就會越切越少，然後換海平線切太陽的下半部，越切越多，到完全掉到海中，這時的光最漂亮，我從小到大看了幾十年，黃昏就是這個樣子啦。」海口人就愛素樸，吃海產也一樣，漁船進港逕直送入廚房，調味料不多，烹調手法最簡，生吃、清蒸、頂多攙薑絲煮湯，原味才是美味。

大家讓出位置給我，先填一下肚子，同桌有個人沒見過，跟我年紀相仿，身材高大留長髮，我暢談在此晃遊的美好，他自我介紹，說本在外地工作多年，遽聞父親罹癌，毅然決然返鄉定居，學社會科學的他，掀開日常的表象，發現問題重重：漁民日漸衰老，年輕人無意願出海，走得了的，就到大都市汲汲營營，離不開的，開工廠做小販打零工，或是，無事可做，無魚可撈，酗酒、吸毒、犯憂鬱症。廟會熱鬧看似精彩，陣頭多是外地人，商業規格按件計酬。加上海岸逐年倒退，投消波塊只是止血，傳統文化與美麗景色，正在陸沉。

長輩打斷我們的對話，啤酒一瓶瓶幹掉，明天我就要離開，心得感想當然說很棒很好啊，就像去美術館戲劇院博物館……。

有人唱聲（tshiàng-siann）了！

海邊就是這樣，自自然然的就好，講那些都市的東西創啥潲（tshòng-sánn-siâu），幹！

往懸崖的盡頭走去，我醉醺醺茫茫然，漁港聚落就在不遠處，黑暗的海與陸地包圍著，唯家戶的燈光家家戶戶溫暖，廁所面對大海，任何排瀉嘔吐直接回歸天地，幾片簡陋的木板遮住小便斗，卻遮不住我的思緒——也是來自鄉下的孩子，因讀書就業窩在都市，以為搶在時代先端，掌握了世界的脈動。多年來，腦袋構造已玻璃帷幕斑馬線，出門時在意衣著鞋子，顧慮路人眼神瞟看，降低音量靠右走，百無聊賴無可名狀，宅在一小格冰封魚鮮的保麗龍房間內，喃喃自語自我耽溺，追蹤螞蟻的軌跡到牆角的小洞，然後不見，就這樣不見了。

以為看到了整座海洋，其實，我不過是隻鰟仔魚。

當我知道自己是隻鰟仔魚時，或許，就能看見海洋。

抖了抖身子，蹲在角落打開水龍頭，洗手洗臉，海風稍稍吹散了酒氣，轉身，我看到，日光燈照亮了我的朋友們，拿筷子舉起酒杯，沒有顧忌的聊天唱歌。海邊那麼闊，腥與鹹都在其中，滿載的船遇上風浪，歪斜不穩的我就要回去了。

——二〇一三年七月二十七日

雙面人紓壓法

連趕幾天的稿，寫得眼澀手痠，一早醒來覺得厭世，遂跟太太說：今日罷工，去外頭晃晃，否則就要送醫院了。

拎起文青小袋就出門，心頭還捉不清方向，反正就往外頭去，且離家越遠越好，免得膩煩上身——但要公車還是捷運呢？逃離工作之繁瑣，我需要暫時解離，但，什麼可以讓我紓壓呢？

田野，宛似田野的綠意，我要往綠意而去。

腦中浮現北投公園之蒼蒼鬱鬱。

捷運上

短褲拖鞋在鄉野是常規，都市中，只能是家裡頭的內規。

讀研究所的一九九八年開始住台北，現已年過四十，待在都市的時光超越家鄉了。無形的默契與規訓，養成我外出雖不精心打扮，至少得繫上腰帶，穿長褲將腳毛掩蓋，且套上鞋襪，以防腳指頭外露。

同時，搭捷運的次數，恐怕也多於摩托車之騎乘了。

拎著文青小袋，我步入車廂，找到慣常的側身的角落，冷氣微冰，乘客謙斂，唯車廂鑽行於隧道與軌道相磨發出之末日聲響。連日趕稿的疲累與厭倦，讓我拒斥手機上網，更不想隨手拍照，我只想放過自己，往綠意而去。

捷運車廂脫離地底，來到圓山捷運站，天光透進來，終於迎來開闊光景。繼而橫越溫馴的基隆河，穿行劍潭青年活動中心，從高架軌道上望見的士林，非夜市之繁鬧，而是山一整面如屏風之靜立。

這就是我要的，不要廣告與聲光，不要人潮暨眼神，新聞與資訊都拋開，這些都市的填塞物，我都不要。

本無符號與意義，大自然是亙古的空集合，我要投身去。

公園裡

從北投站轉車到新北投，曾經的夯新聞是：日治時期的舊北投站更生成功，回到原址的旁邊一點點。引得我手癢忍不住，抽出手機尋銳利角度便拍出對稱飽滿的影像。與老相片中的車站相比較，新得有點假。我知道，為了這座「古物」的復原，各方爭訟不休——想起閱讀過的新聞報導，頭又開始痛了，趕緊撤離，往公園而去。

這城市的窄小與擠壓，總將我捲入資訊與議論的漩渦。饒饒我吧！這個早上，我得休息一下，回復生為一個人最原初的設定，來好好觀賞公園裡頭的樹木，帶硫磺味的小溪與花草，雖陰沉但還算清爽的天空。

環北投公園一周，我沒帶毛巾不洗溫泉，不想研究古蹟歷史，純粹只是想繞一圈，就是繞一圈，將腦中的檔案丟入垃圾筒。

我懷念鄉野童年的天寬地闊，給陽光的灼熱炙傷，嗅聞雨溼泥土的氣味，捕捉草叢間的蚱蜢與小果實……我環繞北投公園的噴水池、小橋、溫泉、圖書館與博物館，其史蹟瀏整進而與自然地景之融合，都是典範……我卻步上兒童公園，簡樸淡淡的空疏，這時，我只想讓心情盪鞦韆、溜滑梯。

小吃攤

散步，純粹的散步，對紓解壓力絕對有效。北投公園繞一圈，我眼睛不那麼酸澀，關節與腰的痠痛暫休止，心情疏緩，壓力撤離。

但還是覺得抑鬱不快。

先來解決午餐，腦中打開google 地圖，憑關鍵字來搜尋美食……記憶掃過幾百家餐廳與小吃，最後浮現的，是一碗麵。

為了那一碗麵，我以饞意定位，邁開腳步前進。出了雙連捷運站，鑽入赤峰街，就為了那碗麵，那一碗「阿田麵」：浮泛油蔥的湯面之下，是豆芽菜與陽春麵；之上，頂多豬肉片與滷蛋，就這樣。

面對素白牆壁，我胸腹間夾著文青小袋，空間侷促，但我在長條桌上找到了慰藉——想起往昔的南部時光，騎著腳踏車來到小吃攤，隨意點了一碗麵，配清湯，緩緩地咀嚼，緩緩地消化時間。雙連的阿田麵並非驚天美味，但那樣的堅持與素樸，是我遍嚐百般美食與華麗烹調技巧的舌頭得以疏壓的小天地。

走出麵攤，口中盈溢油蔥的香味。舌頭在齒間攪了攪，似乎還有什麼仍未滿足的。

疲倦與厭煩，已經落地；但內心的糾結，仍未解開。

圓仔圓

感謝那一碗圓仔（înn-á）。

我執起湯匙，挖開冰將圓仔送入口，冰涼與甜味沁入心，頓時感到幸福。何其有幸啊！可以在大台北找到一家美好的冰店，在這房價物價與醫療理論對冰店何其不友善的時代，我找到圓仔湯，坐在裡頭，許久許久。

雖裝潢得太新，價格也真的偏高，但顧客稀寥的午後，宛若鄉下，店員與氣氛都不趕人，我就在入口處坐了許久許久，讓冰融化成水，自冷轉溫，就是坐在那兒，什麼也不做，心中的抑鬱慢慢化開，眼角搓出一顆圓仔來。

為何我如此感動？

因為冰品的味道很家鄉？不。因店內的氣氛很鄉下？不。因招呼聲充滿人情味？不。

因為性。

都市外

我離開冰店，徒步五千，回到家門口，才明瞭一切。

弔詭，真的很弔詭，都市中招牌的圖像與文字如此誘人，摩登街道上行走的女人，個個精心打扮，巧妙地露出肉身，引誘路人的眼光。色情場所與汽車旅館無所不在，到處是調情與發洩的商品。就算宅在家中，色情資訊會自己找上門。

都市的性太便利，也太精緻太規訓，失去性的原初愉悅，失去大地的野性。

那是充滿野性的腰身，在我面前扭轉，在吃冰的當下，因勤奮的勞動而扭動的腰，在我舌頭碰觸到圓仔並用牙齒咬下的那剎那，我的根處冒出凜冽的地下水。

在都市多年，我在都市外，於台北生活，總試著尋找熟悉的「古物」。無論是懷舊的商品，古早味小吃，舌頭堅持的台語，人際網絡的情味。

最根源的深處，我仍慾望著鄉野那不受拘束、自在原生的性。

家庭內

北投公園的蔥蘢與清新，留存在我的視覺中，只是第一層的滌淨。在都市，寬闊是

和童伴就探入了竹林，細沙的踩行輕靈神妙，誤踏竹刺可真是痛痛痛！然而，熱愛嬉戲的孩子顧不了那麼多，逕直往溪流而去，涉入水中深陷軟泥，腳掌被全然包覆……就算短褲溼了、水流急了，我仍無懼閉上眼睛，迎著清風順著溪流穿行此古稱「諸羅」的遼闊大地……乾裂時田土之粗硬，步入雜草叢探險心忐忑，磚塊隨意鋪築通往磚窯場，神明廳地面的磨石子平滑清涼，還有縱貫路那暗黑微帶黏性的柏油。

生命的初始，真真切切是用腳底來認識世界的，我那寬平、厚實的腳掌，指頭肥粗讓田泥不易自指縫間滲出，基因原初的設計就是要來下田種稻，為務農而量腳訂做。

為了生計，為了脫貧，爸媽胼手胝足撐持起一間工廠，還是不想穿鞋，我和弟弟在石綿瓦與浪板臨時搭建的空間追趕跑跳，地上散布著鐵屑、鐵片、鐵釘，稍不注意，腳底即皮開肉綻、血流如注。

如同田野冒險，在凌亂髒汙的工廠奔跑，得具備敏銳的反應、及時的觀察力，一旋足、一蹦躍，立刻躲過那伺機而動的危險。這般的經驗，如此的能力，在我這調皮的孩子身上累積。雖無課外書，更沒有文學，寫作得配備的諸般能力，在我那質樸的生存中，自然而然削尖、磨利了。

萬年牌拖鞋

我成長的時代，台灣轟轟烈烈從農業轉向工業，往商業化都市化大步邁進。家鄉民雄也不得不如此，在廣袤的農田果園中，植入工業區與大小形狀各異的鐵皮工廠。我的童年非純粹的農村美好，更非現代的都市涵養，而是隨著產業的發展，處於一種動態的變化。

終究是要長大，終究得改變，我那雙桀驁不馴的腳掌，不得不套上文明的束縛，卻仍堅持腳趾外露、穿脫自在，我進入了淺拖仔（tshián-thua-á）年代。

二〇〇〇年後，「台客」流行語興起，淪為時尚標榜與認同徽章，報章雜誌以圖片大大炫耀無敵藍白拖與夾腳拖，列為台客標準配備。

我卻深感疑惑。

咦！我也是正港的台客，但我從小穿的，是那種顏色如煎熟香腸的皮面拖鞋，寬厚交叉的鞋帶還鑲上五顆銅色圓環，鞋底相當厚實，穿著穿著拖著拖著磨平了，就得換雙新的。

後來才知道，這牌子名為「萬年牌」，我穿上它，騎著腳踏車，往民雄街上去，看漫畫、租錄影帶，日間逛文具店、天黑逛夜市。更多時候，是去大士爺廟旁的不見天小巷，吃肉圓、當歸鴨麵線、肉羹麵、水餃與八寶冰……足底的這雙萬年牌，是我小鎮生活的標準裝備，穿上它，在民雄街上兜繞真是優遊自在。

像我這樣成長於嘉義的孩子，無論到哪兒，就是短褲拖鞋的，甚至前進牛排館、百貨公司、聚會喜宴，死都不願讓腳掌關禁，定要破出天窗，讓指頭活動、呼吸、仰望。

死性不改，固執鐵齒，熱愛自由自在、天涯海角，那嘉義人的死性就是不改。哪管外在環境變遷或禮儀慣習要求，恁爸就是要維持「體適感」，一雙簡便縱行天下，困苦窘迫也好，浮華迷失也好，像我這樣的嘉義人，定要騰出空間，讓那雙拖鞋可以在跋栖（puáh-pue）的容許範圍內，仰覆仰覆，慵懶灑脫。

球鞋青春

就從最小號的萬年牌穿起，到跟阿爸一樣的尺寸時，表示我長大了，身高與體毛初初是一個成人的樣子，約略是在讀高中時。雖說學校規定穿皮鞋，僅在軍訓課與重要集會虛與委蛇，生硬方黑很不嘉義，若非得將腳掌包覆，布鞋（pòo-ê）比較人性啦！

一九九〇年代，進口球鞋開始普及，尤其是籃球鞋，最能承載高中男生的體味與慾望。各大品牌登陸台灣，Adidas、Reebok、Nike 陸續在嘉義插旗，最耀眼者當然是喬丹系列，清早在教室瞥見有人足蹬純白最新款，隨即引來他牌球鞋之踩踏，義正詞嚴說：新球鞋得讓人踩一踩，這是規矩。

那無非是一種忌妒，羨慕他人，自己也要有一雙屬於自己的球鞋，我的雙足，心甘情願被包覆，真是舒服、貼切、合理。鞋底有氣墊，鞋面有時髦的線條與眩目的螢光，我穿上我的球鞋，從民雄搭火車到嘉義，踩腳踏車穿行棋盤式街道，到山仔頂的嘉義高中讀書、考試、打球、憂鬱。如此的來來回回，是我寂寞十七歲的主旋律。

命中註定，在諸羅平原的文明前端，我遇見文學，拿起筆塗塗改改將字句濃縮到扭曲變形無解，那是詩，我青春的晃遊地。

街頭拋拋走

高中畢業後，離開鄉間，離開嘉義，大學時先待高雄，研究所在台北，自此，在外地戀愛、工作、結婚、生子。

然而，我這隻嘉義人的死性不改，在台北的街頭拋拋走，依然短褲拖鞋的，嚴冬冷雨也不改其志，一雙肉色萬年牌，往往引得朋友與店家驚呼，說這雙好台好炫好猛……但我不是那種標新立異的人，純粹是惰性，那源自土地與親族的生性……雖說到公眾場合，往往遭側目，甚至被咖啡廳老闆警告……。

人住台北，我筆端所寫，總是指向家鄉：《家工廠》寫民雄的童年回憶，《晃遊地》乃高中青春紀事，《海邊有夠熱情》、《基隆的氣味》的文字風格與觀點，更不脫原生的土性。朋友讀我的詩集，評論說詩句中的鄉野看似孤寂空寥，實則豐腴肥滿，而涉及都市的，皆壓抑愴愁，唯生硬的鐵殼與水泥，人都不見了，就算有生類，也是變形扭曲的動物。越活越往本初去，我試圖擺脫華語的糾纏，讓舌頭的台語回到該有的樣子，毅然而然攜帶嘉義腔口，前進都市文明的光鮮絢麗，書寫文學、錄製廣播、繪圖攝像，無所不至。

原來，我從未離開故鄉，它附身於文字，在一篇篇的創作，一本本的書籍中，現身、渲染、發光。

赤足奔跑

轉眼間，我住台北的時間，已超越嘉義。

現在我出門前，定會套上襪子，穿乾淨的鞋子，嚴整走向都市。

翻找鞋櫃，萬年牌竟杳然無蹤。

恍然一想，那不吸汗的皮面，尖銳的邊緣，還有生硬的鞋底，讓我無法好好向前行。前中年，就怕筋骨痠痛，雙腳也不再那麼勇健堅強了，走路遠行，我得要包好襪鞋，以防足底受傷。

已是個台北人了嗎？

是，也不是。無論在哪，無論生命漂流到哪個所在，我都是在鄉野奔跑的孩子。

四十而立，我更常「回嘉」，脫掉球鞋，穿上拖鞋，先去民雄街上覓食與拜拜；然後往原初回溯，帶著孩子到鄉間冒險，脫去文明的束縛，赤腳，跳入田野，讓泥土再次把我的腳底弄髒、弄痛。

也不知要往哪裡去，反正，我就是一直走下去。

——二〇一八年二月一日《聯合報・副刊》

沐沐泅

臨下水前，我會事先計劃。通常是前一天晚上，我整理背包，打開手機的備忘錄核對，將泳衣褲帽與洗頭身面乳裝袋，附加棉花棒、梳子、凡士林、零錢、鑰匙以及擦拭全身的大浴巾。向來是不帶手機的，連眼鏡也不配戴，嫌麻煩。我人就是這樣，能去除的就去除，這是我的風格，偏好潔淨簡練。或許受中國文言文的尺度規範，源頭是台語母性特質，更多是偏愛無罣礙的生性。

總之，準備齊全，我便擁被入睡，期待明早天亮的晨泳。

夢境乃綢繆，晨泳是清爽，皆潛入某種體態中，沐沐泅（bo̍k-bo̍k-siû）。透明看得不甚清遠，卻可讓自己振游其中，是肢體與意識，肉體與精神性的。

一夜的睡往往不太完整，被微小的期待與輕震的緊張干擾，鬧鐘得響三次才勉強起身。簡單盥洗，扛起背包，跨上腳踏車，就往運動中心而去。

八點有給長輩的優惠，彼時游泳池會被擠滿，我得趁六點開館後的空隙完成。換上泳衣的我臨於池畔，眺望四方透藍的水域，挑選適合我的水道。早就脫離菜鳥階段，稚拙的練習區先剔除，正中央的快速水道五十公尺要七十秒，我遠遠不及，兩側的長泳水道才是我的路，泳鏡套上，破水而行。

先蛙式五百公尺暖身，接續以自由式增加強度，再來強韌蛙式五百，最後自由式拚速將氣力耗盡。

城市人們剛甦醒，我一日的運動菜單已完成。

如此習性，全是我寫作的套路，在精神與意志皆強韌時，將精粹用於文字耕耘。上午三個多小時，猛力將一日的創作能量燒盡，日日月月年年，離開職場致力寫作十多年，這是我創作的習性，不喜圖書館咖啡廳，在家裡頭扎實的寫好寫滿。

就有那比喻的隱然牽連了，游泳的習性與我寫作的規律很是類似。初初展開寫作生涯時，總是字字講究，句句雕琢，硬是要求自己到達極致，更要絞盡腦汁翻出驚天創意。就如同剛學會游泳時，出蠻力出手腳打水，從此岸到彼岸，水花噴濺，大喘大吸，如是來回一百公尺便力竭，得要休息許久許久。菜鳥泳者的通病是技巧不足，肌肉強度孱弱，事倍功半，游個一場得休息三四天，健身的效能甚低。

日積有功後，肌肉強度與技巧具足，跨過門檻，就可輕鬆且快速完成目標。不再雕琢苛求，不會每道擺手每次踢腿都講究，有時真的是隨隨便便，信手拈來，都比以往虛耗力氣的凌亂姿勢有效。

寫作和運動相似，往往是種賦格，每一枚字每一動彷彿若有呼應。這是早期風格認為萬事萬物的理所當然，好似自體與客體皆有符應，類神通，整座世界那冷然理則的幾何對應。

運動中的物體一旦衝破初期風格，就不那麼符應了，能指與所指組成的符號像金紙那般，點火燒卻成灰便消失無蹤。這只是一場歷程，窮盡表象背後沒有物自體，無意義，上帝不存在。

成為熟練的泳者後，撥水只是道空白，只為騰出一段與外界隔離的時刻，有水來包覆，用以思考我的寫作：無論是詩的意象，散文的章法，小說的情節與人物，劇本的轉折或是廣播劇台詞，都在水中生產。我喜歡游泳，乃因把水中所得移至電腦前，一日的寫作很快就可以成品。

這和我散步，跑步，騎腳踏車時的空白是一樣的。無法閱讀，和他人沒有交涉，純粹是一個人，放任自己胡亂思考，恣肆想像，我文學世界的資材與藍圖就產出了。

許多作家跟我一樣，總是與團體活動疏離，理由很簡單，對我而言，兩人以上的活動很不經濟，雖說交談互動甚至採訪有利靈感與蒐整，卻不利於創造，尤其是獨特氣味之琢磨。一個人運動最佳，從最平和的躺臥睡眠到最激烈的跑步游泳，只要能與他人隔絕，留剩我獨身，騰出空間來，寫作的效益即可極大化。

當然，若運動激烈無比，就得脫離寫作的比賦，更無餘裕思考構築，此時就是和自己拚搏，同意志力與痛苦戰鬥，純粹的對決，唯達成目標才得解脫。那激烈的時刻不長，但對無時無刻連夢境都無時不懈的寫作強迫，唯有在此時此刻，才得暫離，放開一切，於激烈的水花中飆速前進，擺脫寫作之鬼魅糾纏，在痛苦中享受自由的純然呼吸。

但過程不會總那麼順暢，同水道的人或許不多，就是不均速，被超越是常事，眼看矯健的捷泳者將你甩至後頭，不以為意，任由他去！比較頭痛的是前頭有位龜游者，你不想慢下來硬要加速超越，冷不防對面就有人撥水而來，你縮起身子鑽縫隙求生，躲過戰線。游沒幾下，前頭又出現怠速者，當你又要超車時後頭湧起浪來，捷泳者再洶洶然追至，你被夾在快與慢之間，想解決前頭笨拙的屁股，己身的屁股又被嫌慢，水面上水面下都在混亂中。

寫作和運動相似，都得面對你不想面對但定要面對的面對，手腳被他者撞擊，泳鏡或耳孔進水，太過疲累而手頓腳痠，踢不動撥不開。更慘的是，皮膚久浸消毒水過敏甚或被結膜炎纏眼。

但終究要完成的，完成一趟長泳如同完成一本書，雙手撐起身子抽離水域，步伐沉重心情可輕鬆了，完成鉅大任務那般如釋重負，沖完澡，在鏡前悠悠哉吹乾頭髮，看著結實的臂膀，成形的胸肌與漸縮小的肚腹，對那陽光燦然的一日充滿期望，想說待會兒吃啥好料，到哪兒兜風——這跟新書出版當頭很類似，充滿期望與樂觀的想像，輕信文學聲名與銷量之大無限。

初書定是慎重其事神經質，此後出版盡情綻放能量宣傳走跳，原初的設想總是太過誇張，無論是地獄般的擔憂或天堂式樂觀，起起伏伏，不切實際。隨著書一本一本出，曲線起伏程度越縮越小，漸次拉為平均線，越來越務實，越來越不那麼神經質，越來越有策略，越來越平常心。

就如同每早的晨泳，如同我天天書寫的日記那般，寫作就是日常，運動即生活，出書是人生事業的一部分，沒什麼大不了的。不必將每次的游泳運動當作不得了的大事，避免雕琢過度，完成後無需大肆慶祝。體力的提升與肌肉鍛鍊，是恆久的修持，心情容或有差異，太過驚訝太過消沉都不好，就是那樣，隔日或隔兩日下水游泳，規律就好，小心受傷，貼臉書自勵炫耀太多餘，也無需向親友宣揚，晨泳就是這樣，寫作就是這樣。

這樣的乏味與艱苦，是在累積，是在等待機會。有多少的人跟我一樣，做著同樣的事，卻比我更認真，更堅持，甚至生死與之。我們都在bók-bók-siû，重複持續著，讓肌肉痠痛，退乳酸，再痠痛。我和我們知道為什麼而做，但目標總是不斷變換，到了最後也不知為何而寫，為何而游。

寫作和游泳是一樣的，可以比賦，起興，留白也很好。反正，就是游下去，寫下去。

——二〇一九年九月《印刻文學生活誌》一九三期

輯二：小巧的局

聽房子

房子老舊與否，不純然是外觀，而在聲音與個性。

民宿乃布莊的舊家改裝，鐵門上拉，樓梯不可思議的陡，攀岩那般的身手才得上二樓。陀螺形內體，越往上層空間越寬敞，客廳、飯間、臥室以及頂樓的浴室。磨石子浴槽泡完澡，我打開二樓木窗，幽幽闇闇的廊道有機車噴射過。一排緊閉的鐵門，如衛士，守護靜謐的夜。

自問：我真的住在府城的市場內？這就是平常人家的夜晚？角落皆填滿聲音。細細探尋古董沙發的彈簧咿嘔，踩過地板時滋滋軋軋，打開錄音帶播放機，喀啦一聲，外頭有黑影掠過——是貓，輕步過浪板，閃過隔壁人家的鐵窗，與電視主播的口條隔了一層綠紗，不清晰。

我愛老房子，喜歡其獨特的聲喉，歲月越長越具個性，真像老男人，話多而固執，沒有邏輯多自相矛盾。要改變其個性，很難，你只能傾聽、還是傾聽，於身歷的歲月回憶中，披沙揀金。

是以，關木門的動作，繞過桌角得收腰，都要反覆練習。摩登新屋是很舒適，卻平板無味，難怪現代人成天昏睡。老房子相當倔強，習慣其脾氣就好，安居久久沒問題。

在大客廳的書櫃旁，墊鋪棉被來臥讀，白日貪食的七、八樣小吃在肚中翻攪。選了本過時的散文選，助入眠。

一直相信夢中會有什麼出現的，以為在這裡的往逝者，會與我對望。

什麼也沒，這座古都老到連鬼都早睡。覷眼日光燈照下薰黃，洗石子地板潔淨優雅，我閉上眼，聽房子呼吸。

——二〇〇九年四月二日《自由時報・副刊》

夜市最宜散步

夜市最宜散步，尤其是人潮散去、攤商收妥棚架的深夜，最佳，可以保存孤單。雖然，仍有人不死心，為了最後的殘羹剩餚，莽莽撞撞亂衝，干擾路徑。就隨他去吧，我自在地移步閃躲，是思想或幻想，都不會有碰撞。黯淡的夜，事物皆寂然，是以保存孤獨，最佳。

想起我的家鄉，有一大片廣闊的田疇，人煙稀少，散步與沉思，皆優。然而，與人相遇，無論認識或不認識，都要將自我如井水般汲出，在靦腆中展現誠意，頷首或招手示意。剛放空的自我，纏上理不斷的人情世故，不知還要再跨越多少方田地，才能恢復適才的孤單。

而且，得慎防下一位出沒。

當下在城市，有夜無市的街道，不必提防。迎面而來的人，無論認識或不認識，都是陌生人。

是以散步時，要保有全然的孤單，夜深已歇息的夜市，最佳。

——二〇〇四年十二月十四日

深夜的羊肉店

半夜一點，疲憊地離開柏青哥店，飢腸轆轆的我們，需要補充元氣。

文化路的宵夜吃膩了，我興趣缺缺，整個嘉義市好像都沒有美食了。

「咱去後車頭食羊肉！」招待我們的豪氣阿叔一句話就勾出我的大饞蟲，坐著頂級的BMW跑車，上了橫跨軌道的陸橋，我們從光燦的火車前站來到了背光的後站。

銀色跑車停在一間窄小的店面前，以斗笠為罩，一盞燈泡孤伶伶地發光。

阿叔很快就點好了菜，先來碗羊肉麵線，濃厚麻油味掩蓋了羊肉之腥羶，麵線順口，兩三下就讓碗底朝天；再來盤空心菜炒羊肉，大蒜的爆香將空心菜與羊肉的味道充分融合；中藥羊骨湯解羊肉之燥口，棄筷徒手拿起羊骨，將殘留的肉啃咬乾淨，且對著骨深處的空隙用力吸，軟嫩的骨髓隨即滑溜入口。

羊肉店老闆欠阿叔的地下錢莊一屁股債，所以吃羊肉，免錢。我看老闆頭髮全白，對著街道抽菸，太太蹲在地上洗盤子，我看到髒黑汙穢的地面。

又有一道菜上桌，我舉筷沾醬吃，好像是軟骨，口感爽脆，兩三下就吃完了。果真一塊錢都沒付，我們就上車離開。問阿叔最後一道菜是啥，他抽著菸若無其事地說：羊胚胎。

離開市區回到荒涼的農村，阿叔車飆得更快了，我的肚子頓時感到不適，好像有道幽靈，在裡頭啃食。

——二〇〇五年九月二十九日《自由時報・副刊》

夜遊採燈記

夏日，耽讀小說至夜半，饞極。求知慾與食慾是我永難克服的命題，星散的村庄寂寂，攤販店面都已歇息，只有嘉義市的食肆二十四小時接力，是以夜半不寐、獨自開車，向高湯正滾沸的文化路前行。

怎知這一啟程，感受道路寧靜，竟開始賞起燈來。月亮如光禿的燈泡，自夜空垂落而下，一一〇V或二二〇V，天知道？光度不足，有探照的車燈、綿延不絕的路燈開道。前方淡微的霧氣籠上，招牌黯然熄滅；紅綠燈切換成閃黃燈，頻打瞌睡；加油站最是猖狂，屋頂平台密密麻麻的日光燈全開，誘引油盡的車輛。看來看去，還是老祖宗的燈籠最安恬，寫著「恭祝天上聖母聖誕千秋」，懸掛電線桿，庇佑我一路前行。

心中開始盤算，待會兒要吃蚵仔煎配乾煎虱目魚腸？還是來碗台式中藥湯底，紅白蘿蔔爽脆的牛肉麵？也可以是鴨肉麵切盤米血沾紅麴醬或黑密如夜的醬油膏……饞蟲肥到極點，顧不得交通規則油門加緊，馳向美食的樂園。

怎知魯莽的聯結車三百六十度大轉彎，橫霸路中央，阻擋我超速的食慾。

車不知幾節，載著數根巨大的鋼骨，聲音轟隆隆像恐龍欠伸，這一轉，好似轉了數十萬年，不耐煩的我，正要按下喇叭時……

車屁股向我，鋼骨的尾端，懸掛十多粒紅色燈泡，聖女番茄那般迷你，搖搖晃晃、意態悠閒。

不禁莞爾，一路上賞燈，就屬這夜晚的小巧促狹，最宜採擷。

——二〇〇八年一月二十九日《自由時報・副刊》

賣明信片的女孩

女孩蹲踞夜市角落，像隻孤獨的黑貓。

不像隔壁販賣廉價泰絲的攤販，熱情地招徠客人；她只是將明信片擺放整齊，等待著。

攤販燈火呈十字型綿延街道，燃燒了整座清邁古城。

趿著新買的夾腳拖鞋，手提大包小包戰利品，我的肚子塞滿泰國菜，酸辣酸辣的。旅行至泰北，週日夜的清邁大夜市，幸好沒錯過。

女孩的安靜吸引我的注意，蹲下來仔細瞧瞧。

不像商場所販售的，佛像金光閃閃，寺廟氣派華麗。女孩的風景明信片，拍攝的是一些常見的景物，如起翹的飛簷、燭檯以及大佛，簡約再簡約，僅剩輪廓、線條與影子。最重要的是，黑白呈現。

「這般不討喜的設計，要賣給誰呢？」我心存懷疑。

請朋友用泰語探聽底細，女孩說平日喜歡設計明信片，呈現眼中的世界、內心的感覺，可以的話，希望以此維生。

「挖靠！這種地方還有波西米亞人，簡直是敦南誠品前的一卡皮箱族。」我大表驚訝。

可無虛浮的文化消費，清邁的泰夜市可是人肉鹹鹹，女孩的勇氣，令我佩服。就來詢問價錢，糟糕的是，我竟開口殺價。

女孩搖頭。

不死心再殺了一次。

女孩瞪著我，瞳孔貓兒那麼大，意志堅決，不降就是不降。

「她是貨真價實的藝術家！」我大喊。

明信片一套十張，我帶回台灣，在書櫃好好供著。

難得的純真，可不能隨便寄出去。

——二〇〇七年七月十八日《中國時報·人間副刊》

解構主義的誤讀

現代社會知識爆炸，人被震懾得恐懼而無助。

人類以為這籠罩心理的陰影，乃一棟巨碩無比的巨大建築所投下。

因此有一群高智能的人，研發出拆解的技藝，將那巨物的結構分解為簡單元素的排列組合，藉揭發巨物的虛張聲勢及裝模作樣，以消除內心的不安恐懼。

這種現代的收驚儀式，稱作「解構主義」。

我知道以上詮釋，以文害義，重蹈了王安石字說「波者水之皮」的謬誤。

這種「符號學」的詮譯方法，「字源學」的想當然爾，必定被蘇東坡斥為虛浮狂妄、游談無根，以「滑者水之骨」反唇相譏。

將錯就錯，我就將「後現代」解釋為人類徬徨無助，視現代為一台碩大無朋的機械，投下巨大的陰影，製造恐懼。

是以有精英發明一種新式註解，讓一切被稱為現代的事物，都和老舊、落伍勾連，以消除被時代追擊的焦慮。

我又再一次以文害義，褻瀆神聖的知識。

在咖啡館隨意翻書，胡思亂想。

前面素昧平生的長髮大學生正耽讀張大春的「小說稗類」，不遠處的中年男子手捧「傅科擺」。咖啡麻袋之上，海報裡的傅柯撫頭微笑，羅蘭巴特點菸蹙眉……客人開始點餐，桌上的手機被拆解：機殼、電池、sim 卡，還有斷線的電波。

陶盆倒掛為燈罩，光綻放如花。

坐在咖啡館角落，背後是牆，前面是大片玻璃窗，可以觀察十字路口來往的人群與車輛。

占據城市的安靜閒暇，我是配戴冷眼的觀察者，剛打完瞌睡，腦袋開機後正用防毒程式掃描。

深怕這一刻被恍神的車輛撞上，玻璃破碎，一切將被解構……。

——二〇〇三年九月十六日

流線造型的崛起與時尚鬥爭

流線、圓弧、滑溜造型，四處滋生如細胞般生長繁衍，洩漏了都市的變動與不定性格。

生命樣態的成長難以預料，擬似城市的神祕莫測。

過往一元霸道的方硬直線，被生物多樣多元的數量優勢壓倒，潛伏在筆直的下水道、地基與樑柱，被興起的圓弧波浪大海包覆。

獨斷一元的整數被除，小數點無限的餘數拓殖成龐大聚落。

流動的人口統計只是權宜，因隨時隨地的進出，讓城市總是浮動不定。

方塊直線形體，被時尚心理的王國放逐，圓滑流線的自由形體登上潮流的王座，無孔不入誘導催眠，建立霸權統治。

方塊直線被打入貧民窟，在家庭悲劇、街頭暴力與幫派械鬥中日漸稀少，最後自我毀滅，用數千萬噸的黃色炸藥，安裝大樓各處，按鈕一捺，瞬時化為滾滾煙塵。

或許滅族絕種的末日不會發生，上天會指派新的救世主，帶著無窮的魅力，不可思議的神蹟，演出復仇記，以天命及正統為號召，奪回流行的耀眼王座。

這王國總是那樣地貴氣，不斷地重演宮廷殺伐、內鬥、篡奪、復辟的血腥歷程。歷史往復循環，地位的正統與否，不在爭奪者的全能或高貴，而在於誰坐上了王位。

位置決定了事物偉大，不是事物偉大了位置。

——二〇〇三年九月十六日

一〇一之頂的特技表演

一〇一超高層大樓，一入夜開啟銀色燈光，全棟瑩瑩燦亮，一塊塊窗戶散發鑽石般的璀璨，一層層鑲嵌全世界最高也最接近天空的精品。一〇一大樓，在全台北最昂貴的地皮上雍容展示，予人的高貴感受，不止百分百。

尤其頂端的那一節塔樓，總令我仰望思索再三。堆疊樓身的藏寶櫃形體，造型笨拙俗氣；塔樓下窄上寬，於黑色的夜幔中閃閃發光，如同以精密刀法切割出水晶方錐，倒插於雲間，優美純粹。

地面上的布爾喬亞陡然一看，這方錐脆弱危險、搖搖欲墜，好似隨時會碎落，不由得擔心害怕。

但看久了想多了，就不那麼害怕了。

第一流的建築師果然一流，深諳豪貴的發跡歷程，將其追求財富的軌跡具體呈現於空間；將那種驚濤駭浪、富貴險中求的精神，以特技演員高空中倒立、維持平衡的驚險方式，在人來人往的布爾喬亞面前展演。手法精確，技巧超越，實臻建築史之最高境界。

惟恐方錐掉落，如觀看豪貴在錢潮中浮沉，像搭雲霄飛車一樣刺激痛快。

建築不只是一堆鋼筋水泥玻璃跟地心引力唱反調的革命行動，而是建築師摹寫資本主義英雄人物偉大生平的連篇歌頌。

——二〇〇五年三月十六日

雨水土芭樂

盛夏的嘉南平原，一場西北雨掃去暑氣，騎著單車回到阿媽家，一條龍式的矮舊房子，殘餘的雨水順著屋簷叮咚叮咚落下，噫！自來水已暢通無阻的現代，家族的人仍保留古風，拿出鍋盆承接雨水，純是節儉的習性？還是天然的最好！

滿漲的水面映照天光，鍋盆的底層，些許沙子沉澱。

跟長輩親戚們一一打招呼，問大伯骨刺還會痛嗎？二伯透早釣魚釣了幾尾？被姪子姪女還有回來玩的外甥女們包圍，說說在台北的工作，昂貴的物價，艱困的世局——直到看見那一排盆栽。

步溼潤的埕，來到牆面斑駁、馬背殘破的古厝旁，鄰居人去屋也空，二伯利用那一點畸零地，建立自己的小花園——排列也是一條龍，植物的葉形與顏色、芳香都熟悉，但全叫不出名字，除了那棵土芭樂。

豆圓的葉子密密麻麻，將纍纍果實藏在裡頭，堂姐推開木紗門自屋內走出來，大喊不巧，黃潤成熟的早上就被摘光。我說沒關係，自小只愛半生不熟的土芭樂，那種酸中帶甜的滋味最棒。於是撥開枝葉自深處摘出一顆，自以為聰明，拿到那疊沙埋炭的古早濾水器下，開水龍頭洗洗，以為這樣才夠野。吃完，果真清新自然。

此時，換堂妹推紗門而出，說了一模一樣的話。她人比較乾脆，摘下幾顆土芭樂，攤在手中，說下過雨不用洗啦，若嫌還有點不乾淨——

就浸入鍋盆滿盛的雨水中，隨意攪了攪。

咬了一口，我站在寬廣的埕中，只見白雲將更多的蔚藍還給了天空。

——二〇〇六年十月十六日

凌晨四點

凌晨四點的我只是意識之延續，和咖啡因或夜談毫無關係。

只聽到秒針踢正步的聲響越來越清晰，就是不寐，在汙泥抹開一片黑的深夜，意識如此強韌，充滿警戒，捕捉到窗外野地的蛙鳴規律，跟秒針同步，咯——咯——咯——，紗窗上打盹的壁虎，吸盤一鬆，翻落成我意識中待剪的截角。

如果剪得開，我就不願從親戚口中得知那消息，消息千真萬確，如此難受如迎面砸上的石頭，我相信現此時凌晨四點，H跟我一樣，長夜不寐。

秒針太寬，載著身上長出壞細胞的H，一格一格移動，離家人越來越遠。

割去頸子的第一串葡萄後，H繼續在房子的骨架間上下穿梭，將縫隙灌入水泥敷上皮肉，陽光將威士比、檳榔汁還有沙塵攪拌一起，不巧，給頸子的葡萄帶來營養。

第二串很快就長出，紫黑飽滿，醫生割得快，但還是要養家還是要在工地間求生存啊！H將汗水一把把抓下，蒼老雙親赤腳入田耕作，太太在工廠的裁縫技術流暢，兒女們功課雖普通，幸好笑容洋溢。

但葡萄已爛熟，第三期開始，倒數計時。

凌晨四點的空氣腐爛帶血腥，時間的前進不再無所謂。我好想伸出手指，壓停秒針，與死亡的距離就會定住，然後警醒再警醒，讓窗外的黑暗濃度不再加深，沒有天明，不會被晨光稀釋。

但秒針還是跳了一下，我的心隨之揪緊，H開始往前走了，衣衫襤褸，揹著破麻布袋也揹起人生僅存的光陰，夜黑風寒，彳亍前行，赤足走在碎石子路面，每走一步，秒針就跳一下。

沉重地、艱難地、必然地，不能轉圜。

——二〇〇九年四月三十日

發亮的青苔

昨日，友朋歡聚，一個下午幹掉三、四款威士忌，調和、詩貝地帶，濃濃泥煤艾雷島。

臨暗，大夥兒外出步行，消散酒氣。小公園的山櫻花初綻，披垂桃紅花朵，黑硬掩映不住的枝幹，加上舊曆年冬雨連日，空氣飽盈水分，桃枝顏色更深更陰鬱了。

櫻花植於日式宿舍的綠籬內，入冬後北台溼潤的天氣供應充足水分，黑色的屋瓦布滿青苔，微醺的我說出平日怎樣也說不出的句子：

「你看，那屋頂的青苔多麼均勻，彷彿要壓倒屋頂啦！」

今日，太太帶孩子們回娘家，難得偷閒到溫州街逛書店，袋滿滿的書，騎腳踏車滿載而歸。此區的日式房子，多是教授宿舍，大半荒廢。天空仍飄著雨絲，不至於模糊眼鏡，我得以看清屋瓦青苔在新年澄澈的天光下，一痕或一整塊，神氣地煥發翠綠，但怎麼樣，都比不上昨日與友朋共賞的那一面，滿覆屋瓦密絲無縫。那間房舍是有人住的，照顧得妥貼漂亮，門口新貼桃符，洋溢過年的喜氣。

原來，屋瓦的青苔，除了天上的雨水，還得人間的溫暖，才會長得有精神。

打開家門，適才外出時任其播放的巴哈《無伴奏大提琴組曲》仍在。沒離家太遠，友朋的歡聲狂語已落，太太忙碌的腳步與孩子的笑聲暫歇，客廳異常地空曠。

放下發皺的書包，新購書暫且溫著，先泡壺友朋持贈的茶，天氣陰沉是雨雲的局，我不開燈。新年假期，台北空城，暫且不那麼擁擠喧鬧了，事事物物沉澱，連窗外灑下的光也清澄。物質交換緩下腳步，苟存於縫隙的動植物仍不息滋長。

這時刻如此難得，微不足道的青苔，和陰天的雲一樣，布滿整片天空。

我把音樂關掉，此時，真的一點聲音也沒了。

——二〇一二年三月八日《人間福報・副刊》

雨簷展家變

二〇〇七年十月，甫執編《聯合文學》雜誌的我，斗膽向王文興老師邀稿。王老師向來有自己的步調，加上素未謀面，本不抱希望。沒想到好消息傳來，我載欣載奔，忐忑琢磨了一封信，傳真給他：

大學聯考結束後，我第一次讀《家變》，展書後便不捨離手，成日蜷居在家，逐字逐句咀嚼思索。快到結尾時，硬被同學拉出門，騎摩托車到嘉義的深山遊玩，在雲霧滾捲的山路中馳騁。

回程遇西北雨，暫避路旁農舍，終於有時間讀書了。我對著屋簷流洩的雨簾，藉黃昏微弱的天光，逐字逐句耽溺《家變》中。

這是我永生難忘的時刻。

不知老師是否有空，讓您的書迷我，與您會面，龍泉街的咖啡館或舊香居，萬望老師應允。

王老師選咖啡館，一家不允許吵鬧的咖啡館，見面首件事，當然是簽名。我將雨簷下的那本《家變》奉上，王老師說：書好新。

當場，我羞愧到無以自容。

寫作上，我自認是王老師的信徒，字字講究不厭其煩鍾鍊修改，對《家變》卻輕爾率爾，沒有貫徹其倡導的慢讀，實在不配作書迷。

舊香居在龍泉街十週年，向我邀稿，毫不考慮要寫王老師，也趁此重讀《家變》。高中畢業二十年，書中文字磐石般如如不動，青春早遠走高飛，視野見解雖有提升，俗務纏身的我讀得很快。

書仍新，歉意也更深了。

．收錄於《本事青春——台灣舊書風景展刊》，二〇一四年三月，舊香居出版。

輯三：時光縱貫

嘉義的秋天

德布西鋼琴鍵般的季節，彼時，大地仍很健康，大人們強壯，孩子天真地往田野奔逐……。

秋末的嘉義平原，孩子們定會瞥見一堆一堆的稻草垛，台語名「草埒」（tsháu-pù）。稻穀收割後，將餘剩的稻草稈立於乾硬的田疇間，一束束排列而去，猶如穿黃色披鼇的衛兵。守衛廣袤天地的任務完成，稻稈全被堆放疊高如城堡——當然成為孩子們攻擊的首要目標，用腳去踩，拿石頭去砸，持樹枝去擊劍，猶如塞萬提斯攻擊風車之愚行，定是徒勞的——既不能征服，就成為草埒的一部分，在縫隙間捉迷藏，穿行迴繞爬上爬下，然後，成為午後的眠床，全然躺上。

陽光軟軟的，鳥叫聲輕靈，我們是草埒，我們是大地，我們是秋天。

田園牧歌不盡然印象派般美好，觸覺與氣味接連攻擊而來。躺在草埒上頭，會先聞到層層堆疊的稻草稈之下、從最底層透出的壞土陰溼氣息。稻稈斷面是參差不齊的，躺上去總感刺痛難受，而飄浮不定的細微草屑，更讓人搔癢難耐。於是乎，米勒畫中的安詳與寧靜只是繪畫，在草埒是無法久留的，孩子們受不了，紛紛逃離，給夕陽引路，在田埂路與圳溝旁顛躓而行。我們這群孩子從農村深處來，繞著農村四處漫遊，秋風爽颯而至，我們赤足狂奔。

沒多久，就只剩下我一個人了。

每天每天搭著火車，來到日本時代就存在的嘉義火車站，中山路通衢就到嘉義公園的蓊鬱，其旁就是我讀三年的嘉義高中。然而，我很少直行，而是騎著單車在桃城彎彎繞繞，秋風鑽入大街小巷奔竄，我只剩下我自己與一具瘦弱的肉體，乘著秋風奔馳，心情被撩撥得惆悵無端，時時刻刻，叩問人生的意義。

那是逼近黑色的死亡的季節，放學後不想回家，童年的田野生病了，大人依舊健壯有力，孩子們不再天真，走人生的田埂路，方向撩亂，各各自自。

這靜好的小城市、青春的晃遊地，放學後，我就去唱片行聽古典音樂或搖滾，站在書店讀幾首新詩，偷覷白衣黑裙的女學生。雞肉飯、炒鱔魚麵、肉圓、砂鍋魚頭、米糕、魯熟肉、美乃滋涼麵……市井中如此多的美食，我只是淺嚐，當時仍參不透。悵然的望著熙熙攘攘的街景，飲食店的鼎鑊大火滾冒，人車來往庸庸碌碌，那賺錢的艱苦、積忍的心事、無情的時代，我仍不懂。只關注滿腹的憤慨與抑鬱，將人情世故隔絕在外，騎自己的單車路。

而曾有那麼一天，追逐秋風時偶然闖進舊窄小巷，兩側是平房疊加半層閣樓的木造房子，台語名枋仔厝（pang-á-tshù），與水泥樓房相比，就是矮了一截。閣樓掛晒著襪子與褻衣，一樓洞開的老舊客廳內，電視前搖扇的阿媽漸次進入夢境。我，一個十七歲的高中生，看著那細細雅雅的窗櫺，台語名窗仔子（thang-á-tsí），恍然驚覺，原來原來，晃遊地的安靜就收藏在那淡淡的木紋中。

一格格的窗仔子，來自海拔兩千多公尺的阿里山上，千年壤土培育加上雲霧氤氳，被螻蟻般的林班工人砍下，除掉枝枝葉葉搭火車下山。先是浸在檜木池防乾裂，嗣後給木材工廠鋸切為料材，是那麼偶然又必然，留在桃城的街巷隱密處，給我的雙眼攫住，然後——

那爛泥中的秧苗也抽拉為青翠長葉，飽穗後割稻機來採收，稻草稈活生生被切斷，稻屑與木屑都是相同的噴飛——檜木幾千年的生命切成一棟棟的房子，稻子去糠後煮白米香噴噴的飯，田野中的稻草稈堆高城堡般的草埒，時有秋天的風與醇酒豔陽來照拂——化為我們這群孩子的回憶，成為十七歲高中生在孤獨失途的青春路途中，一格凝望的窗仔子，那凝鑄時光連續過程的木質紋理。

——二〇一六年九月二十一日《中學生報》

青春星球文學漫遊

考上高中的那個暑假，我這顆青春星球，環繞的衛星，是汽水、音樂與電動玩具。國中升高中的聯考，我爆炸性地掄得高分，本勝券在握的我，不僅考上雲嘉地區第一志願，也意外進入資優班。

入學前的暑假，我這顆青春星球，自轉輕快，在他人眼中，人生的軌道如此順暢，那些討厭的隕石都離得遠遠的，在升學制度這詭謎的星系，我公轉的弧度，精彩亮麗。

嘉義高中一個年級二十多班，從中再選出一班精英，就是「資優班」，功課以數理是尚。同學來自四面八方，競爭激烈辛苦，但我戰鬥力旺盛，知道只要名列前茅，就可考進醫學電機這些熱門科系，前途就會光明寬敞。

時序進入爽颯清秋，嘉義最怡人的季節，高一上學期過半，學藝考剛結束，我永遠忘不了那次悠哉悠哉的午睡，我趴在桌上，心中盤算著放學後，要到哪玩樂去。

放學前，一同進入資優班的國中好友，問我要不要去打電動，重溫國中對戰快打旋風的刺激。於是，飛快騎上腳踏車，我們互相追逐，飆進學校旁的眷村裡。

眷村的路不寬，卻有幾棵大樹，樹幹蒼白、高聳入天，底下湊擠著低矮的簡陋平房。打開汽水，我低頭走進其中一間，電玩方戰正酣，我口袋玩弄硬幣鏗鏗鏘，站在同學背後，大聲加油。

電動間屋簷低矮，光勉強從外頭擠入，見有人踏進，我轉頭一看，卡其色衣服遮掩了光。

永遠記得，教官扶著大盤帽、低頭步入的身影，像在跟我示意：你青春期的蒼白悲愁，正式開始。

依校規，我被記一大過；下學期，離開資優班。

我這顆青春星球啊！被突如其來的隕石撞擊，偏離原本的軌道，走入截然不同的太空。掩上物理化學生物課本，我走進書店，從架上抽出鄭愁予、白先勇與楊牧；一排志文叢書中，我認識了尼采與杜斯妥也夫斯基；耽讀《水滸傳》與《紅樓夢》，廢寢忘食。

遠離世俗的期待，我這顆青春星球啊！不按社會的常軌，脫離熟悉的星系，獨自在暗黑無聲的太空漫遊，過程孤獨，不被理解，但方向堅定。

是以在高中時期，我就確立自己要走的運行軌道，此非特立獨行、與人乖忤，而是幸運。因為堅定，所以在動盪變化中，我毫不擔心，不必耗費長時間，在光年中猶豫、迷惘、害怕。文學給了我百分百自信，讓我遇到困難，很快就整出理路、俐落判斷，往自己選擇的方向，堅定航行。

我這顆青春星球，在死生與之的興趣中運行，黑洞、能量巨大的磁波常來干擾，過程漫長好似沒有盡頭，最終仍找到了那最後的燦亮的星系。

打電動被記大過，是我青春期的重大挫折，但我從此知道，挫折的背面，有很多密語，只要耐心解讀，就會無比清晰。

讀了上一段，或許你會覺得如此的陳述，「弔詭」不合邏輯。

這都要回到那個星期三的下午，放學前，導師在黑板寫出「弔詭」兩字，他花了一堂課的時間解釋，但我怎樣就是想不通，認為這哲學用詞，太深太玄。

那是經過許多挫折，還有很久很久的時間之後，我漸漸了解「弔詭」這兩字，是哲學，也是人生。

青春總有挫折，挫折很痛，但痛苦的另一面，成長的高貴意涵，無比清晰。

——二〇一〇年六月十五日《國語日報》

西子灣浪漫

不需註解，也不必探究其英文字源romantic，「羅曼蒂克」在這個google一指通的全球化扁平世界，看似乏味落伍，但在生命某一段時刻的某個地方，浪漫的氛圍狀態，一點也沒有違和感，絲毫無礙。

對我來說，那是在中山大學讀中文系四年，時時刻刻都浪漫。

連課堂也是。

那時，現代文學課研讀張愛玲，其細膩森冷的白描，相當吸引人，卻不知如何言詮。上課鐘一響，鍾玲老師快步入教室喚同學，說外頭綿綿細雨正飄著，和張愛玲筆下的情境如此相似，於是同學齊時奔出教室，欣賞細雨的文學院中庭，這是中山的文學課。

此乃我大學浪漫回憶的一小寸。絲絲綿綿的陰雨，絕非高雄日常，大多是高溫的熱天，爽朗的氣息，遼闊的海天。且在校園中晃走，余光中就從你身邊鏗鏘而過，只見他足蹬皮鞋，精神矍鑠，如其著名的硬筆字那般，骨鯁挺拔。

詩人的課當然選修過，滿堂的學生，聽其在講台上談民初文人軼事，更有參加國際文壇會議的歷史時刻。騎摩托車經過後山的學人宿舍群，只見他手持水管，親手刷洗自家轎車，詩人也是很家居日常的。但我印象最深刻的，是某次參加全國朗誦比賽，約好到研究室討論，打開門，我嚇了一跳，空間寬敞深長，卻疊滿了全世界寄贈給余老師的書，滿坑滿谷只留條小路，通往靠窗的書桌，詩人在光的那頭等待著，我穿越書的峽谷，去接近硬梆梆的靈魂。

在俗世，浪漫是浮濫的形容詞；文學裡，是對幻想的無邊呼喚。我就走入浪漫，走入回憶，走入青春的黃金年代，背山面海的西子灣，最美麗的就是夕陽，臨近傍晚，滿天的霞彩讓人腳步停駐，雙眼定住。

那時還有軍事單位駐紮，我比較好奇的是：在高處站哨的士兵，心情如何？困乏無奈？苦中作樂？倒數下哨時間？無論如何，哨兵必得明著雙眼，看太陽緩緩落海，暈出輝煌的晚霞。同一時間，在圖書館頂樓的我，趕進度正要完讀一百二十回的《紅樓夢》，轉首與晚霞相遇。我就把章回小說擱著，耽看向晚的時時刻刻，從光熱燦爛沉入冷靜晶瑩。

活在自由年代的我們，如夏夜微風，騎上摩托車沿海堤奔馳，消坡塊與粗礪礁岩交雜著，繞過柴山來到哈瑪星廟口覓食，再遠些就鑽入鹽埕埔的洋風街道，或至市中心的百貨公司群感受物質文明之繁華。

入夜的西子灣，並未完全沉寂。月色朗朗之際，海堤的蘿蔔坑挨著情侶，好友開懷暢談，或是一個人來望海，望著海中央等待入港的輪船，有時密密麻麻的數量頗多，但一艘艘停佇海中央，在孤寂的人的眼底，也是孤寂的。

白日人群的喧嘩止息後，柴山蟲啼鳥鳴，夜遊的人腳步聲微弱，摩托車聲洶湧，都不及宿舍內學生之歡鬧。夜更深更深了，海濤聲就湧了上來，那時我關燈、上床鋪、閉眼睛，濤聲就順著山坡繞入宿舍的窗戶鑽進我的耳蝸內。聲音迴旋入耳蝸，旋入時間深處成為記憶，多年後冒了出來，發生過的事隔了段時間，經回憶捏塑變造，總顯得迷人、美好。

浪漫是否不再？

中山大學四年，西子灣柴山處處踏遍，唯大門口處的山崖頂端沒去過，那時總傳說，情侶會遭詛咒，終至分手。

畢業二十年後，我攀階而上，來到了崖頂，英國領事館官邸瀏整得舒適典雅，踏入其旁的十八王公廟，廟內是典型的樑柱雕刻，給海畔的空氣沾洗過，散發溼潤的光影，面對神明，訴說著我近來的心事。

就在此時，觀光客的喧嘩停歇，聲音沿階而下，到臨海平台，掉落海底，湧出濤聲，拉緊我聽覺的聲線。

轉頭，望出廟門外，海面上孤零零的一艘輪船，照相留影般，停駐於框格。

那青春的豐華全都燦亮了起來，全在回首時的那一刻，浪漫。

——二〇一八年十一月八日《中學生報》

哈瑪星的線

大三升四年級時，從學生宿舍搬至鼓南街十巷，這地方太迷人，進得去不一定出得來，像座迷宮，而我是童話裡那個聰明的小孩，早準備好線團，在入口處暗暗打結，邊走邊放線，直至畢業，順利盤出迷宮，往明日而去。

如今，回想哈瑪星，我重拾記憶的線，氣定神閒不怕迷路。無法相信，當時那個爛漫青年，體重才五十五公斤，風景、氣味與青春，迎面而來。

線剛拉起，先觸動我味覺的，可不是知名的旗魚丸大王汕頭麵海之冰，這舌頭的福利當地住民獨享，僅在星期日下午，攤車推出，人蜂擁而至，買肉圓解饞。我也是住鼓南街一陣子後，才偶然發現，剛開始不瞭營業時間，常常撲空。之後養成習慣，星期日一到，就在鼓元街臨時擺設的桌椅就位，騎樓有台廢棄生鏽的賓士，車頭滾圓，只在黑白電影中看過，造型頗逗趣，邊欣賞邊等待。老闆端上肉圓，我還加點肉皮，若無清湯，真是油膩不堪。食物本身的味道平庸，攤子低調樸實得很，卻是我和當地居民每周一次的祕會，滋味自是難忘。

線再拉，深入記憶的迷宮，來到渡輪站，鐵門拉下，空無一人。深夜讀書讀累了，散步款至，黑輪伯營業到凌晨，我是最後的客人。漁市場入口拱門裝飾雕花，結殘破蛛網，碼頭一片潮溼空蕩，釣客都回家休息了。這一切的孤寂，只為迎接捕魚歸來的漁船，三三兩兩，打開保麗龍盒，十多隻紅蟳，船家賣我兩、三百，好便宜。我四處晃蕩到天快破曉，讓讀書過飽轉動過快的腦子減速，臨睡時，想到白日渡輪繁忙來往旗津，也是一條條的航線，來往編織了數十年，不曾打結，多希望我的思緒，能船過水無痕，讓睡眠不致迷航。

哈瑪星乃日語濱線（はません）之音譯，漸以明亮觀光的形象，改變人們眼中的海岸線，與我記憶迷宮中的它，卻是兩個世界。

往過去再拉回幾寸，更貼近當時的生活，在僅容摩托車相會的小巷內，有我曾賃居的房間，那是棟方正水泥樓房，室內裝潢全用檜木，一擦拭便散發原木的清香。在哈瑪星，有最典型的市井生活、最規律的作息軸線：清晨，三樓的房東步下一樓大門，發動偉士牌機車要去上班，二樓的我看看手錶，一定是六點零五分，絲毫不差；到了六點半，房東太太的吸塵器準時響起；七點，不知哪一格窗戶傳來超重低音，音響蹦蹦蹦，提振上班的精神；隔沒多久，哀鳴聲此起彼落，隔壁家養了好多條狗，女主人上班前，親暱地一隻一隻吻別。

到了傍晚，上課上班的緊湊漸趨放鬆，回家的國小生到巷口便迫不及待飛奔；女主人門剛開，狗群必定衝出，瘋狂舔舐；飯菜香撲鼻，電視節目歡笑傳來，整條巷子飄動著歡欣的氣息——卻有哀怨的聲音，如泣如訴，幽幽傳來，我尋著聲線，望進捲花鐵窗裡綠紗網內的阿媽，塗脂抹粉，吟唱歌仔戲特有的哭調仔（khàu-tiāu-á），此為年少戲班生活的緬懷？或內心深藏的哀痛必得抒發？

入夜的哈瑪星，除廟口與渡船頭，皆闃寂安恬，尤其過了十點，人與街道陸續入睡……趁此時，我騎上腳踏車，漫無目的兜風，在紅磚與洗石子之間穿梭，消散高雄夏日的酷熱。這日治時期崛起的市鎮雖沒落，街屋的往昔風情依舊迷人，像我這樣懂得欣賞的人不多，不如說，唯我獨享。然而，到了冬天，尤其寒流來襲時，街巷構築的交通線，竟變得錯位迷離。寒夜逼出哈瑪星老病的內在，溫度陡降不意讓死亡露出，騎腳踏車回住處，慣走的道路遭封閉，搭棚子排花圈，得尊重故去的在地居民，我改道而行；沒想到下個路口架起巨大的鐵絲網，成捆成捆的金紙燒得火旺，這條路也不行；路再繞遠些，也有喪事……寒風刺骨，冷汗頻冒，這地方我如此熟悉，竟進不去。

展開哈瑪星地圖，街道也是一條條的線，如松針般散落，秩序井然不打結，我自東徂西（鼓山路、捷興街、麗雄街、延平街、鼓波街、長安街、壽山街、濱海路、哨船街、蓮海路），再由南向北（鼓南街、鼓元街、臨海路、登山街、千光路），口唸街名就興味盎然。「麗雄」兩字多麼氣派，「鼓波」在海的雄渾中充滿律動，「濱海」的路有「哨船」通往「蓮海」，「臨海」還可以「登山」，這是哈瑪星的得天獨厚。

從市區要往中山大學，有時不走主幹道臨海二路，而提早切入登山街，沿山腳而行，經過熱鬧的鼓山市場及紅十字育幼中心的紅磚建築，穿越鼓山國小與武德殿之間，沿虛線剪下另一番風景。登山街與千光路之間，有房子沿山坡而建，隨地勢變化，空間跌宕迷離，是我這好奇份子的私密發現。

其實啊，進入哈瑪星不需要地圖，風四面八方而來，就是最佳的導引。只要順著風走，從大馬路鑽進住家夾縫間的巷子，有耐心點，不怕幽暗不必去打擾他人，巷子的盡頭，是海。

記憶的線就快到迷宮的開頭了，想起第一次去哈瑪星感覺海邊特有的風情，往中山大學方向，珊瑚礁岩堆疊的山橫阻在前，穿越隧道到彼端就是開闊的大海，是我記憶的最原初，黃昏來時就發高燒，浮現的顏色紅潤紫豔。

望海的人和回憶的人都一樣，因風景太過絢美，陷入無比的熱灼。

．收錄於《南方人文聚落——大高雄人文印象暨文化館》，二〇一一年五月，印刻出版。

高雄文青時光

星期三下午，我騎上摩托車，從西子灣走後山穿越蒼翠的鳳凰樹到底，略過哈瑪星，過平交道，於洋溢歐風的五福四路奔馳。酒吧還零星殘存著，外國水手與酒女像曝光過度的底片，在我的記憶洗不出具體影像。

目的是羅多倫咖啡，在曾經有的「小王子」麵包店旁，我摩托車停店門口，先到對面的敦煌書局覓書。

大學三年級得修的學分仍多，老鳥的我已能應付裕如，家聚同學聚宿舍聚與社團活動仍有，但不似大一大二那麼黏膩，我能抽身找到我自己的生活方式了。週三下午，全然沒事，我如此享受這樣一個人的文青時間，到書局隨意逛逛，只為挑一本書，結帳後到對面的羅多倫點杯紅茶，在二樓大片玻璃窗前的長條桌，讀我隨意挑中的書。

將吸管插入小碎冰細長玻璃杯中，攪拌攪拌，讓濃郁的紅茶給融化的冰水沖淡沖淡，分量不多，我總是小心吸吮，免得過早將這提神的配額用完。

我的記憶是用書來標記的，向來如此，無論在民雄家透天厝的各個角落，晃遊嘉義市各處街巷書店唱片行與公園，一九九四到九八年讀中山大學中文系，後北上台北，女友在基隆，當兵在桃園，出國旅行於飯店電車裡時間零碎或完整……我將閱讀的印象裝訂，收入L形夾，置放檔案櫃，隨著大腦皺摺般的書架藏入記憶體。

在羅多倫閱讀的書目，有托爾斯泰《傻子伊凡》、葉朗《中國美學史》（上）袖珍本、時報的藍小說系列等等。其他的書名都散頁了，忘了，遺忘的還有羅多倫咖啡的背景音樂，我想是很通俗的輕音樂，之所以沒有聽覺殘留，因我都帶著隨身CD，掛上耳機，聽我的音樂。

這是我在高雄的文青時間。

在尋找什麼呢？

說到托爾斯泰，讀過最長篇幅的是《安娜．卡列尼娜》，至於號稱巔峰之作的《戰爭與和平》，至今連書都還沒買，我想這就夠了，遠景版《安娜．卡列尼娜》分上下兩冊，是「六一二大限」前在嘉義市騎樓滿坑滿谷的書堆中淘得的，文青內心總是不斷被呼喚，徹讀世界名著來恢宏心胸、開拓眼光。我就把《安娜．卡列尼娜》隨身帶著，且上下兩冊不分離，整齊妥貼地收入書包內，有空就抽出來趕趕進度。甚至到學校的行政中心開社團大會時，我就在底下耽讀著，坐隔壁的鑑湖女權社社長很是驚訝，表面說我很有耐心，內心大概認為這又臭又長的舊文學也太落伍。反正我就是立志要讀完她，拚字數吃頁數，《安娜．卡列尼娜》乃女人出軌的家庭時代劇，讀起來乏味毫無感動，那時，心心念念在尋找「現代性」，那是我認為有價值真正高級的文學質素。耗費兩個禮拜，我在安娜．卡列尼娜自殺前瞪視兩條鐵軌之間的意識流中，找到我要的現代質素，反覆讀了多次，才那麼一小段。

對托爾斯泰實在很不滿意。

那時的我在尋找什麼呢？特立獨行，與眾不同，真正的新文學。時報出版的「大師名作坊」滿足了我，對我來說，這系列超越老一輩尊崇的舊俄大河小說與歐美經典文學範疇，帶我來到文學的最前端，領略了米蘭．昆德拉《生命中不可承受之輕》、亨利．米勒《北迴歸線》、卡爾維諾《如果在冬夜，一個旅人》、馬奎斯《智利祕密行動》……彼時編號剛跨越到雙位數，可在文壇掀起風潮，MP系列成為文青朗朗上口且必讀的「時新」。

這系列我印象最深刻的，是罕人討論的塔哈爾．班．哲倫，《神聖的夜晚》書薄薄的，文字纏綿稠密，那沙漠中的囈語和我在高雄溽熱天氣下的閱讀混融在一起，讀了幾頁便進入午睡狀態，醒了再浸入《神聖的夜晚》文字流中，意識與幻想渦捲，像沙丘揚起的風暴，攪亂日與夜。

與違和感相撞

那時是，現在也是，文青的關鍵詞叫村上春樹。

電視裡頭淡美風的廣告印上《聽風的歌》字句，《挪威的森林》席捲書市，伍佰唱的同名歌曲躍上ＫＴＶ熱門榜。那時的年輕人，若不在飆車，就是拿著一本村上春樹，化身文學旗手，奔向現代東瀛。

這和夏目漱石、芥川龍之介、川端康成、三島由紀夫，甚至是井上靖與司馬遼太郎的日本文學襲受不同，一九九〇年代村上在日本崛起，台灣也隨之風靡，連續劇、電影、歌曲等流行文化是主流，所謂的哈日風。

我也曾試著要喜歡村上春樹，看到ＢＢＳ留言版那麼多人推薦，我也認真來讀《挪威的森林》。

卻一直與違和感相撞。

怎麼裡頭的漂流與做愛與死亡都那麼輕盈，評論家定義這是種「疏離感」，但對我這鄉下來的孩子，漂流有種未知的恐懼，那時連親吻都未曾何論做愛，對於死亡更是害怕得無以名狀。村上這樣的筆法，不是我這樣事事認真的草地人可以接受的，那不是我慣習的人際關係，也不是我想要擁抱的價值。村上讓我覺得空虛，相對於文青那樣大量吸收總嫌不足的匱乏感——

我愛不能。

反正村上面對安保鬥爭都可以那麼冷漠了，我對大家瘋狂捧讀的村上文學當然也可以疏離。此後二、三十年村上的符號與用詞在文青界無所不在，我習以為常也當作一種無感的做愛後死亡。

擺弄姿態的遊戲

高雄讀書時間，多次到台北朝聖，首要是剛崛起的誠品書店，那時還很有地下社會的味道，尤其是音樂部門，一堆另類的音聲，邪惡的花朵深深吸引著我，然後潛入地底下的唐山書店，那陰溼腐枯的味道帶領我到那一排詩集前頭如廢屋牆角滋生的地錢青苔，我知道鴻鴻、夏宇、零雨這些詩人的名字，買了詩集一字一字讀下去，讀不懂，但我會想讀，那感覺就像陳珊妮的音樂，有點許茹芸最早期之搞怪，但我就是會想聽想唱，唱〈四季〉，唱〈看場電影〉，唱總長八分零五秒的〈乘噴射機離去〉。

當KTV這些歌曲的冷僻畫面跳現，同包廂的唱友就紛紛離去，這是我文青人生不斷重複的場景，那時大家都唱劉德華張學友，江蕙黃乙玲，至於所謂的「國語歌手」我不是很記得，高傲與睥睨讓我選擇遺忘……那時我比較愛西洋古典音樂，巴哈莫札特貝多芬略帶俗氣，我已經前進到馬勒，前進菲力普．葛拉斯，到最前沿的Arvo Part。電影無非奇士勞斯基與昆丁．塔倫提諾，甭說《鐵達尼號》，甚至連《刺激一九九五》都覺得過於低階。

不久高雄便來了間誠品，在漢神百貨的地下層開設，我就從敦煌羅多倫連線轉檯，去迴旋樓梯底下的波赫士書架，挖掘法國文學思潮：羅蘭．巴特、德希達、李歐塔、布希亞，完讀《傅柯的生死愛慾》……猶記得那時我跟我喜愛的女孩說起同性戀、S／M、精神病、規訓與懲罰，全然沒有挑逗的意思，都是一種文青的姿態擺弄與知識遊戲，就算不太懂，也要用自己的胡言亂語，說得很懂很懂。

女孩很不能領受的樣子，我看她的雙眼，像是莫底里亞尼畫裡定格的女子。

被觀賞的荒謬劇

我卻在高雄，和台北市是唯二的直轄市，基底與文化天差地別。那時文青都蝟集在台北，遙遠的南方的作家們與文化工作者，感到藝文資源之匱乏，脖子總是鬼太郎般伸向北方，有次一群高雄作家和學生座談，整場都在談朱天心《荒人手記》，那樣的嚮往與自卑，讓我腋下直發癢。

雖說鍾理和漸漸進入文青視野，《文學台灣》一直在，葉石濤老師真和藹還請我吃冰，我也認識了吳錦發與王家祥。不過，文青風依然大把大把吹向台北，這也無妨，畢竟多年後，高雄的在地文史風風火火，作家一個比一個高強，打狗歷史古蹟與自然環境不僅被珍視著，更是驕傲。

當時卻不是這樣的，我去鑽寥落的旗津小巷，爬柴山感受生態探索平埔族歷史，在哈瑪星穿街繞巷欣賞洋樓立面，鹽埕埔多少美味的小吃，更從西子灣遠至美濃只為了拜訪鍾理和紀念館，關心高雄的古蹟搶救，發現美麗島與二二八。

文青走過的路，總是荒廢寂寥的，後頭或有人跟，更多是空無一人。有趣的是，後來這些地方熱鬧興旺，被大眾認識了，演一齣荒謬劇被觀賞，完全不涉及本質。等熱潮過了，再否定他，罵罵幾句，就去趕其他熱鬧了。

最後八分零五秒

好吧，反正人生最終是孤獨，大家嫌貨差，沒有賺到就算了，你讀你的村上春樹，我讀我的塔哈爾·班·哲倫。

紅茶還是要喝，用吸管攪一攪慢慢融解沖淡，翻開下一輪備忘錄，是不是太平盛世全然沒把握，或許乘噴射機比八分零五秒還長也不一定。

——二〇一九年一月號《印刻文學生活誌》一八五期

永和三年，在三合院

城市的夜開始深了，房東闔上廳堂木門，發出「一歪一歪」聲；趴伏在前埕的惡犬起身，狺狺狗吠兇狠，接連十多聲。

坐在書桌電腦前，我很享受那聲音，想像仍住在農村，四周給稻田圍繞——那是公元兩千年前後的永和，我賃居化石般殘存於城都邊緣的紅瓦厝，身分是師大國文研究所的碩士生，亮起檯燈，句讀《莊子》，在古人的註疏旁劃下紅線。這卑微的老房子，四周給凌亂髒黑的公寓大樓包圍，月亮只能尋隙亮相。

但望進內埕，我看到紅磚牆堵，石砌花窗，細木作蝙蝠在高懸的樑欞大木作間相對，賜福駢至。

對農村懷抱無限情懷的我，負笈遠至邪惡的台北大都會，何止是適應不良，簡直是被倒彈而出。

陰錯陽差落腳永和，在台灣人口密度最高的地區，過鄉間生活。

尋便橋溜了下去

每每上完課，我摩托車奔離師大，沿著和平東路飆過書畫鋪、美術社與裱褙店，遇重慶南路左轉，二手傢俱行表演疊羅漢特技，上中正橋跨越新店溪，不走永和路，我帥氣右轉，第一道便橋直下，就是永和市的保安路。

在標準款的雙和街道，西邊的狹小水泥白牆壁店面，整齊擺列一根根的「狗骨頭」，既非粿也非粄條，我這鄉巴佬很是疑惑。原來，此細長形、沿河岸而建的「五和新邨」，安置大陳島撤退而來的義胞，狗骨頭是名聞全台的周家年糕。

五和新邨對面，保福路二段的路口，是我賃居三年的老房子。此地古名「龜崙蘭溪洲」，位於半圓形河曲地內低窪處，過去乃閩式民居聚落，新店溪不時泛濫，水患成災。民國五十一年堤防立起，水泥樓房也隨之矗立，鄉間墟落轉眼現代都市，碩果僅存「樹德居」，一九三七年（丁丑）落成，面朝西北，一正身兩廂房，我賃居龍邊，背倚高樓如壑。

沒有課的日子，我的高中死黨兼室友，總是睡衣拖鞋地來回走廊講電話，若他外出上課或心靈諮商去，我便死心眼地研讀中國典籍。老房子沒冷氣，朋友來訪總燥汗如雨，我自在地聽著日本的帕妃（puffy）、爵士大師Miles Davis。夜深人靜時，頭之上傳來騷動，我尋聲覓源，擊打塑膠天花板，那隻老鼠便神經質地竄過來又衝過去。

密封於古屋瓦的小步聲，細碎行進間總是悶沉。

格格公寓的時間脈絡

研究生的宿命，就是在熬夜與閒冗之間擺盪。若在閒冗的那一頭，我不是去溫州街、重慶南路淘書，就是在永和晃遊。

以三合院為核心，我若晃到正後頭的東南向，空照圖俯瞰全是一格格的公寓樓房。若逆時間往永和的歷史脈絡而去，竟留存著籤仔店（kám-á-tiàm），那是間破落窄隘的街屋，雜物擠壓、灰塵厚積的深處，說不定藏著陳年價昂好酒。而我只求清涼，打開冰櫃蘆筍汁黑松汽水的，恍如置身嘉義的荒村（現是黑白高雅如鋼琴的新大樓）。

密密麻麻的人間，總會騰出精神的香煙繚繞處。保福宮是這一帶的信仰中心，聞說有永和最大、最早的戲臺，民國六十年竣工的第四代水泥廟宇（現為十一樓高之沖天新廟），主祀保生大帝，從大龍峒保安宮分靈而來，廟埕立著一方碑文，我是少數從頭到尾細讀的人，那敘述真是質樸可愛，我要是在地的塾師，真想翻抄做教材：「本宮轄內永和全市，毗鄰一隔台北市，層巒環峙，南望中和、麗姿青翠，西臨淡水大河，碧波蕩漾，實為美好環境……」

雙和街道雖帶弧度總相通，弓形巷弄暗嵌小廟，眾神安座龕內，符應永和的人口密度，空間小、信仰濃，神明的臉燻黑一片。巷內的水泥樓房盈溢市井味，立面貼石細巧出彩色趣味。路旁幾乎給車子占滿，但人們就是會掙出空間，乘涼、聊天，看著那數十年如一日的日常，活出人生的大自在。

仁愛公園與河濱公園

苦悶研究生總要透個氣，樹德居左側直行，不遠處就是仁愛公園。

那是座平白無奇的公園，有音樂家楊三郎的雕像坐鎮，吟唱〈望你早歸〉。恰巧在永和路另一頭、舊名網溪的河岸地，也有個楊三郎，是將海岸與老台灣描繪得抒情砂黃的前輩畫家，同樣也有座雕像——那個男子就坐在前頭，比雕像還沉穩，雙手撐持著，獨對寬闊的廣場。

我的視線，順其雙手放出的線，往敻遠的天空而去。彼時高樓住宅仍未簇立，風箏縮小到僅剩一小小黑點。

我，不敢跟他說話；他，沒有任何表情，只是坐在那兒，常常就在那兒，只做一件事，將線越放越長，讓風箏越飛越高，彷彿就要撞上月球了。

那是平白無奇中如此遙遠的驚嘆。

循保安路正北行，上陸橋過水門，便是河濱公園，附帶巨大的停車場與垃圾集中處。猶記得那幾年颱風水勢洶湧，來不及逃的車子，不幸就在水門外配備了污水與爛泥。

也是座平白無奇的公園，我和室友常到新店溪畔跑步。災難逼臨之際，便在堤防之上觀察異象，對岸的台北市有成排大樓，風雨中顯得水秀。九二一大地震乍搖，三合院完好無恙，和室友焦急地奔至河岸，台北市內停電，全失去光彩。

那是平白無奇中如此黯淡的記憶。

伸縮自如的樂華夜市

研究生的宿命，就是閒冗之後無法收拾的趕工熬夜，但在長夜漫漫前，先來儲蓄體力。永和是台灣人的塵世樂園，當然得配備夜市，於是摩托車一發動，飆出三合院，往樹德居後頭那風箏放遠可及的樂華夜市而去。

我都從夜市的尾端接上，直接在阿國蝦仁羹落座，征服我南部人的味蕾，口味真的很獨到，有時幾步路追加礤冰（tshuah-ping）或豆花，趕走都市的悶熱。

逛夜市並非我的強項，我只記得那大塊且過癮的氣派牛排館，鐵網瀝去東山鴨頭的油一滴一滴，我的形跡也一步一步，讓人潮帶領我走入一格格的商店中，掇拾一點一點的微小樂趣。

永記得那家麵店，位於夜市副線的三叉路口，老闆娘大汗困窘，我坐在攤前吧台嚼麵吸湯——路經的轎車就來按喇叭，我們一排食客無奈拎起白鐵椅，縮到牆角讓車子通過，然後重回吧台，與老闆娘的歉意相對。

如板塊互相擠壓，就算隱沒其下，總有一天會浮起，這就是永和，空間伸縮自如，可借、可還、可悠遊。

沿著文化路而去

民國八十七年末梢，頂溪捷運站正式開通，摩托車就不是那麼必要了。

一周有兩天，我要到台北火車站那兒的忠孝日語上課。傍晚，從樹德居出發，直行保安路右轉，公立的頂溪國小與私立的及人國小，隔著文化路相對。

彼時，永和有誠品，小小書坊仍未誕生，我沿著騎樓步行，雙和的街景就是窄、碎、雜，夾帶潮霉味與乎寥長而去的摩托車，騎樓內的紅漆門及白鐵門輪流站衛兵，窘促的人行道，無法伸手張腳的榕樹，一棵棵被修整成安全帽。

渾然不知，我正步行在駱以軍的小說、蔡明亮的電影裡。

但我也走出了我的美食地圖，越近頂溪捷運站，越近食物狂放區。永和不只世界豆漿大王，文化路巷內藏著厲害的馮記上海小館，安和宮前的深夜麵攤是最迷人的宵夜。永和戲院旁的巷子，有我和室友暱稱的「大便當」，排骨、雞腿與香腸碩大無比，還有鹹酥雞、蚵仔麵線、熱炒店……真油膩真讓我無法抵擋……老蔡鵝肉與老黃原汁牛肉麵在仁愛路口，對面韓國街（中興街）的招牌才剛統一，我曾尋著巷縫、市場及騎樓找合意的乾麵與肉圓……更可浪奔竹林路，在成記用長筷子夾起撈麵，那是廣式的過癮，更不要說國父紀念堂旁的南川麵館，還有我不知其名、卻是我在台北吃過最美味的便當……。

但我要離開了，永和路的黑板樹弱不禁風的，卻永遠在那兒。二號出口有三開間的寬敞樓梯，牆板果凍黃，來自地底的風洶湧冒出，吹來剛挖鑿過的土溼味。（那是新捷運的青春氣息啊！）

月台上等待，我與呆板塊狀的底座上的朱銘的銅雕太極相對。

駭客任務般縱入車廂，潛入新店溪爛泥的深處，隧道磨軌聲漫長刺耳，鑽入我腦褶邊緣處那記憶堤岸旁的永和三年，在三合院。

‧收錄於《書說新北》，二〇一六年十二月，新北市政府文化局出版。

倪瓚

白柚腐爛否已來不及確認，人到了，室友抽門拉開木門，恐龍的哀鳴聲自侏儸紀傳來似的，迎接藍洋裝橘洋裝女孩，香水淡淡，瞬間擊退數十年積累的霉溼潮腐。

今天是室友生日，要好的國小女同學來慶生，禮物放桌上、蛋糕置冰箱，兩位女孩好奇地四處走覽。永和市這座僅存之三合院，我和室友賃居左廂房，兩位女孩直說超現實，摸摸紅磚頭，抬頭看樑柱，透過綠紗窗窺看中庭，吠叫聲傳來，我說這惡犬凶厲，只對老態龍鍾的屋主搖尾，生人熟客都一樣，鐵鍊拴上才能登堂入老宅正身。

室友房間自是亂不可言，就電腦亮晃晃的，無聊人生的唯一娛樂；再往裡頭是我的臥室，藍洋裝女孩在書架前徘徊，文史哲經典外加論文影印稿，她叉手搔頭，直說好硬好難的書；橘洋裝女孩在床前停步，解開髮圈，波浪捲髮捺筆至胸前：

「這是倪瓚的〈容膝齋圖〉。」

「厲害，你竟然知道！我在故宮看到很喜歡，就買了這幅仿製畫。」

「我是學美術的，好久沒看這種老古董……你看，都受潮了。」

鬆開捲髮她扶起掛軸，才發現，裱紙微微捲曲，如放上炭火的魷魚。還有塊水漬，老宅特有的溼腐，易生屋漏。

「倪瓚就是一河兩岸。」

「喔，原來如此，掛那麼久我都沒發現。」

室友迷糊，臨時去超商買可樂回來迎賓，瓶蓋旋開，小客廳冒出歡樂的氣泡，笑盈盈地，聊起童年往事、同學近況、親戚長輩，那是他們的鄉愁，我百無聊賴回房間，發現掛軸歪了，跳上床扶正，退幾步比對又趨前調整，終於端正如碑。

床架接榫不夠密合，搖晃的聲音很新，如黏鼠板剛捕獲時之吱吱唧唧，我躺了上去，換鄉愁來找我：想起高中畢業後，離開牧歌式的家鄉，在外地四處漂流，床如小舟，載我停泊成功嶺大通鋪、半山腰的學校宿舍、檜木架窗的公寓雅房……如願考上中文研究所，到繁華台北來，越發想念家鄉田野，四處尋覓棲身處。城市街道一團亂線，房間鴿子籠，我茫然失方向，無意間在高偉堤岸旁，發現這座三合院，遂強拉同學來當室友。搬進來才發現，清閒舒坦是假象，猛抬頭，高樓大廈在四周環伺，我，陷入市廛的更喧囂中。

都市淺眠，屋埕的那隻惡犬過於敏感，常在夜的最深處狂吠，我緩然甦醒，午夜夢迴，巴望空曠的房間、孤白天花板，感覺這漂流遙遙無期，我下一處的停泊在哪？配偶欄會是現在的女友？最終，我要往哪裡去？

身體微微挪動，鬆垮的床便引發一場地震，無妨，做愛時那激烈的抽動都能負荷了，與女友身體糾結至漫漶不清，書東倒西歪，廉價的衣櫃歪成梯形，就床畔這幅掛軸，始終挺直。

起身一看，發現倪瓚的毛筆字也攲斜了：「屋角東春風多杏花小齋容膝慶年華金梭躍水池魚戲彩鳳栖林澗竹斜……」畫中的題詞，句子怎麼斷都不對，請橘洋裝女孩來房間釋疑：

「你沒看『東』字旁有兩點嗎？表示寫錯字，不算。」

「所以是『屋角春風多杏花，小齋容膝慶年華。』」

「這裡就是你的容膝齋啊！不過你書好多，絕對放不下。啊，抱歉，剛才忘了幫你扶正，我來。」

橘洋裝女孩放下拖鞋，跪在床上，伸手調正掛軸，裙襬款搖，心旌搖動，下床穿回拖鞋後退幾步擺正了頭，好了！又笑盈盈回客廳聊天。

綠紗窗上浮現人影，黑狗發現有異，沒有吼出來。

獨自在房間中，我拿捏觀畫的適當距離，怎樣都覺得彆扭，索性坐上椅子，翻開資料，與眼前的山水相對：墨是七百年前的研磨，緩轉的指腕是失傳的神妙，皴擦點染，拉出空間之縱深，近景五棵樹，書中的描述是「上仰如鹿角、下垂似鷹爪」。不如說，將凡塵雜慮角質化，與妄想貪慾絕緣；其旁的小齋何止簡陋，根本是孩子的塗鴉，回歸童心，才有澄澈的胸懷；河水隔開兩岸，沙洲若有似無，拉出沉思的距離；山不甚高，平淺的橫線如此謙沖，此岸望向彼岸，如鏡子反射，此在之我映照靈性之我。

當初懸掛此畫，只是想營造古樸的氛圍，融入研究所的精神，中國經典浩瀚深邃，我一頭栽進去，雄心壯志想窮盡其奧祕，讀論文與大量注釋，鍛鍊研究方法，還與同好開讀書會論辯終日。鑽研一年多，隔著綠紗窗，我看到飽食而死的壁虎，嘴巴含著蛾，發臭，無人聞問。我困惑、迷惘、不知要往哪裡去，有涯的生命要追求無限大的學問，根本是不可能——沒想到，懸在床畔的山水畫，就是我現下困境的表徵，我孤守此岸，蹲踞簡陋小齋遙望那不可及的往昔，歷史的真實不可能全然復原，古人的玄思與詞藻，更是難以捕捉。每日每日，在巨量的資料中搜索枯腸，破解古奧文字，圖書館的味道我如此熟悉，枯紙頁與蠹蟲屍交纏的霉味，時不時，在書架夾峙的甬道迷失。

無法相信的是，學院內夾藏暗室，文人相輕、派閥林立，批鬥、汙衊、意氣爭鋒，真理七孔流血，文句義理在我的腦中肆無忌憚的囤積，猶如巨碩的麵粉工廠，隨時引爆。

地老天荒，若說倪瓚是枯淡簡靜，我是射精後的空虛。

客廳傳來的抽泣聲打斷我的思緒，聽見室友趿著拖鞋、步伐凌亂，似乎在尋找什麼。突然就闖進來跟我借衛生紙，悄聲說，橘洋裝女孩與男友鬧分手，眼淚掉不停。

我肉體的最底層，有墨水滴落。

想起幾天前的晚餐，室友見我載女友來，表情落寞離開，我迅速卸去上衣，女友的牛仔褲好緊，肚子裡飯湯菜肉，血液集中在胃囊，她是乾涸的，我是軟垂的，在床上愛撫許久，始終進不去，只能以手挑撥……見其表情敷衍，只好作罷，無語，草草載女友坐車回家。我開始厭倦，厭倦當下的生活、乏味的關係，書本與資料堆積如山，這輩子是讀不完了。是否，也不需要讀，所謂知識的載體、真理的居所，不過是蟬蛻，表殼脆薄，裡頭是空。我逃避，逃避流光電馳的現代都會，車輛奔馳於冰裂紋玻璃帷幕間，人們腳步匆忙，從裡到外都要跟上潮浪，時代已經進化至此，我還在跟這些死去的東西糾纏，街上的人群翻雲手機號碼覆雨，我還試圖回到過去。隔著綠紗窗，我看到我自己，一隻僵死的壁虎。

室友大聲呼喊，來切蛋糕囉！

插上蠟燭點火，發現白柚在旁，我說等一下剖開來品嚐。慶生正當頭，沒人回應，生日快樂歌三疊，室友許願，一祝大家身體健康事事如意，二要論文按時完成順利畢業，三不能說，我直接點破：

「你紅粉知己那麼多，一個女友都交不到，眼光不要那麼高啦，就祝你早生貴子！」

縱聲狂笑，室友吹熄蠟燭，伸出食指挑起奶油，就往我臉上抹，我及時閃躲，橘洋裝女孩趁其不備將奶油往室友鼻頭一點，正中紅心。我們四人滿手油膩，在廂房內追逐，嬉鬧尖叫，惡犬狂吠也來湊熱鬧，室友大敗，滿臉奶油，橘洋裝女孩笑彎了腰，我看見，上衣的開口抖出蕾絲胸罩，筆韻飽滿動人，我身體的最底層，暈出墨水來。

派對結束，室友送女孩們去搭捷運，我急忙進浴室，打開水龍頭沖洗，水氣在方白瓷磚間瀰漫，溫度調到極限仍不及我下體之滾燙。學院的傳聞都是真的，紙頁太枯索，青春肉體山水金麗，男教授遂關上研究室的門，順著脈絡詮釋，與女學生互文。意念跨入禁區，肉體逼近高潮，女友的臉乍現，那是性交時的表情，隨即抽換：蕾絲、詞藻、裙襬、注釋、噴湧。

洗完澡後，在客廳吹頭髮，看桌子凌亂，我隨手整理，叉子蠟燭紙盒保麗龍盤塑膠繩一股腦兒全塞進垃圾桶，轉頭，孤零零那顆柚子，啊！忘了殺來吃。

手輕輕拍打，鼻子猛吸，果實散發強烈芳香時，即告訴你：快！快來享用我，我就要壞了。

捧起白柚翻看底部，果然黴黑，我拿刀戳入，剜出溼軟肉粒，汁液黏答答襲來一股酸臭，此物已腐爛不能食。我徒手將皮趴成一片片唇瓣，乳房那凹陷的蒂頭冒芽，抽長枝幹，且不斷分岔，瞬間攀滿牆壁蔓延客廳往窗外包覆整座三合院，置身於密不見天的樹林，鳥拍翅驚飛，衝出野獸四伏的迷宮，卷軸展開言詞：

> 我在此岸，看風景往遠方枯淡而去，幾片陰丘橫於波際，彼岸的山，如乾硬的果皮，不留一滴汁液。

——二〇一三年七月七日

圳水上正焚燒

火車自豐收後的平原北上，穿越一畦畦的稻田，今年的稻穗最後一穫，收割後去糠裝袋，送進超市待售或堆藏倉庫等待。田地已不見金黃稻浪翻滾，乾枯的硬土中，殘餘的稻莖仍倔強地維持行列。

清晨是新生兒澄澈的眸子，經一日塵務紛擾、人事糾葛，到傍晚已顯世故，籠上淡淡的陰霾。陰霾中，有濃煙冒升，老農夫坐於田岸，一手持長竹竿一手支頤，看顧焚燒中的田地。

北上火車在西部平原奔馳，車廂內，任窗外急逝的風景掠過我的眼前。冬日的平原有一種簡約的美，贅餘的葉盡落，樹木精鍊如詩；割稻後田地空出，天地更加疏朗。

遠方有人焚田，大火烈焰，黑煙騰冒得凶。有些田地剛放火燒過，一塊塊焦痕散布灰燼，黑亮黑亮的，和枯黃的原野對比強烈。某些焚燒過的稻田浸泡在水中，可能是農人為防波及鄰田，噴水滅火；或是引入圳水泡爛耕土，與餘燼混合，做為來春的秧苗養料。

農地上發生的事，有太多我不知道的：何時插秧？何時除草？何時噴藥？何時赤足插入冷霜霜田水？我大多不知道。在鄉下成長，勉強算個農村子弟，卻慣習了現代時序，對二十四節氣不甚了了。

眼前突閃而過的景象，更加深了我的無知。

那是一條尋常的圳溝，水流與火車平行，方向卻背道而馳。水圳旁架了座鐵絲網籠子，內有火舌竄燒，吞噬金黃紙錢。過年過節時土地公前酬神的小金爐早已司空見慣，媽祖廟口信眾祈願的巨大金爐也不陌生，甚至河岸海邊簡易用鐵絲圍繞堆疊如山的紙錢點火超薦亡魂的情景也曾目睹，至於在圳溝上燒金紙，還是首次看見。

流水潺潺其下，烈焰熊熊在上，火車呼嘯而過，我來不及回頭，無法停下火車詢問。若用以祭祀水鬼，祈求勿再找無辜兒童當替身，可能性有，但圳溝不深，水流恆常清淺，不會有小孩溺死的。燒金紙處就在鐵軌旁，可能是有人為求方便，自此處橫越卻不幸慘遭火車輾斃，家屬在此焚燒紙錢超渡亡魂以解想念。

我只知七月半會有虔誠的信眾施放水燈，基隆中元祭，在八斗子讓燃燒的紙糊水燈漂流出海。火在水上焚燒的情景，關子嶺也有，水火同源的奧妙，大量的文獻與無數觀光客闡釋過。還有，東南亞的比丘為抗議政治迫害，在街頭點火自焚的情景也是，火焰焚燒肉身的苦痛必千百倍於數十年的修煉。

水與火辯證的關係，沒有止盡，就像大地的深奧與神祕，難以究稽。

火車過橋，橫越河川廣大的水體，在搖晃的車體中，我望著窗外，不斷前進。

——二〇〇五年十二月一日

桃園縣道一〇二

那段時間，我的心情總在這條路的兩頭擺盪，那是軍裝像長滿綠色黴菌的裹屍衣般纏身的一年又半載。

服過兵役的台灣男人，常用走出軍營大門、脫離憲兵監視的那一刻來形容心情的輕鬆自在；而收假前心緒之寥落悲慘，可與飛機空難、不幸又有至親好友罹難相比況。我分派的部隊，恰巧就在這條路上，靠海；而另一頭歸鄉必經的火車站，向山。

相反的方向，同一條柏油路，心情的落差天差地別，如同光譜的兩端。當我休假邁出營門時，打在身上的光仍綠慘，如積在樹蔭下沾滿爛泥巴的樹葉；杵在站牌下等待公車時，光轉為亮白，頭腦空蕩蕩；待上車往中壢火車站前進時，紅、黃、藍、橘的彩色小圓點如霓紅燈，在我的心中旋轉跳動，歌聲不知不覺就流洩而出。

常和我同車的外籍移工，心情也是一樣的吧！往東，是熱鬧繁華的市區，衣服手機百貨琳瑯滿目，火車站前陌生偉人銅像下，是鄉音滑溜入耳、舌尖活蹦亂跳的廣場，一到假日便產生強大磁力，吸引各方好友在此相聚。這磁力到晚上慢慢反轉為斥力，移工們為明日的工作漸次離開，往西，工廠粗嘎的敲打聲在腦中聲量越調越大，嘴唇得再焊接起來。但無論往東往西，無論在白天夜晚，只要向北望，就可看到高不可攀的飛機，平衡翅膀準備來個優雅降落。

剛開始我並不知道這條路的名稱，只知搭乘客運，往新坡或觀音方向，在一間屋脊剪黏被藤蔓植物纏繞得快喘不過氣的福德祠前，按鈴下車，收假的漫漫旅程就此結束。直到有一次，朋友開車送我歸營，我天真地告訴他，從中壢火車站順大條路直走，往西、往大海、就到了。不料，路卻越走越陌生，疑問如夜色越發濃重，直到永安漁港的路牌閃過眼前，心頭猛然一驚，該迷途知返了。

事後，展閱地圖比對，才知通往部隊的正確道路，長方形框起數字「102」，縣道「104」是誤入的歧途，兩條主要縣道在中壢市區交叉疊合，到郊區隨即分道揚鑣，102串連新坡、觀音，104則途經新屋，以永安漁港為終點。

若非驚險的迷途，這縣道的編號不會被我記住；若不是履行兵役義務，往返這縣道不會如此規律頻繁。沿路的景致都是零碎灰暗的，我腦中的印象大多殘缺不全，只記得房子大學稻田魚池工廠荒地招牌加油站輪胎店廟燈籠檳榔攤防風竹籬。

如要我再仔細連貫些，我只能回想某個收假的傍晚，人下了電車，跟雜遝擁擠的人群一起，伏流般潛入地下道，再汩汩冒出地面，排隊通過峽灣般狹隘的收票口。出車站後，計程車司機趨前招攬，粗魯無禮，不耐的我揮手拒絕，快步下中壢火車站前又多又密又陡的梯階，沿側旁的小路，走向客運站。

市中心的客運站是農村悠閒情調的轉運站，排隊的人鬆鬆散散，上了車不怕沒有座位。哐啷噹投下硬幣，手中握著長條形的區段證明，在昏黃小燈勉力撐開的光域中，沒有選擇，盡是綠色的皮椅布滿經年積累的黑垢，隨意撿一處，靠窗，我坐下。

車內的廣播有客有閩，必有輕鬆的音樂及百病可除的藥丸。司機轉動偌大方向盤如扭轉天地乾坤，老舊大客車穿越偪仄傖俗的小巷，展開重複如一的載客旅程，如同我拷貝過的心情，總是陰慘不開。

窗外流逝的畫面千篇一律，當車擠出小巷，駛進站前大道，街景隨即緊繃得令人喘不過氣來。招牌爭奇鬥豔頻獻殷勤，高樓拔地夾峙冷酷不語，笨重的大客車熟練地在車陣中鑽行，搶入空隙靠站搭載客人，百貨公司、電腦商場、市場、餐廳……來到市區的邊緣，街景越來越顯鬆垮，高速公路橫跨相交。

高速公路下的涵洞，小販擺攤鬻貨，克難地在水泥壁體上懸掛衣服，展示艱苦人家的蔽體衣著。生意清淡，小販坐在塑膠躺椅上，任身旁車水馬龍、塵土飛揚，眼神漠然的他，心頭的牽掛比待售的衣服還多。

穿越高速公路，正式脫離了市中心，街景開始灰濛濛，一無可取。加油站占據了顯眼的位置，贈品的廣告塗塗改改；如果說有可觀之處，那便是國立大學的巍巍牌樓，但距離感如同牌樓到教室那般遙遠，不若水田親切。水田旁多是豪華的農舍，農舍旁是生硬的鐵皮工廠與壅塞汙染的水塘，在此歇息的白鷺飛鳥，印象中好像沒有。貴氣的高鐵橋墩墊起腳讓車子順利後，這路的景色就更加荒涼了。在這條路上行駛，人人都想突飛猛進，驚險的鏡頭不斷上演。大客車在某處上坡道轉彎，轉過某間格局完整、卻荒廢頹壞的燕尾古厝，檳榔攤鶯鶯燕燕的豐富生態前來迎接，那驚鴻一瞥的炫彩玻璃倒映破碎虛幻，沒多久，就只剩路燈陪伴著車，穿行入夜的縣道一〇二。

無論發呆或打盹，我總是能在到站前，及時按下電鈴，在新坡站下車，九點收假前，按時歸營。

這路猶如溫度計兩端，熱的是火車站，零度在軍營門口。

路段再過去，聽說，有高貴的蓮花開滿埤塘。

如果，過軍營門口而不下，直奔蓮花的淨域，心情將會騰高？還低？溫度幾何？打在身上的光，會是何等顏色？

——二〇〇四年四月三十日

午後的師大夜市，近海

那必定是在充足的睡眠後，如同斟滿汽水的玻璃杯，表面張力將嘶嘶作響的泡沫撐出飽滿的弧度，沒有任何一滴過於興奮的液體溢出。

也只有在這樣的日子，強烈的陽光一束一束，如同巨大的斜柱，在凌晨插入城市的底層，慢慢豎立，到中午竟將城市頂到了海邊，是以午後我簡便出門，才有晴朗的天氣相迎。在師大夜市狹小的巷弄吃麵，好似人就在高雄哈瑪星，陽光爽朗，穿巷的風自在奔放，我的心情一下子便挨近了海。

午間營業的店家本來就不多，又是兩點多，早已過了午餐時間，逛街的人稀稀落落。只見撐陽傘的仕女款步優雅，踏單車的孩子嘴上配備悠揚的口哨，情侶手牽手開心散步——有位粗獷的中年男子，手托著透明高腳杯，平衡裡頭的紅茶泡沫，且跨步到對巷的包子攤，與身陷水蒸氣中的伙計聊天。不知哪家攤子那麼勤奮，傾倒豬油爆香，手持鍋鏟左炒右翻的想當然爾大汗淋漓，而聞香的我口水流也不斷。麵攤隔壁賣廣東粥，砧板上晾幾把芹菜，老闆抓起頭來一刀刀切剁，看起來殘忍，聽來可悅耳得很。

陽光氣燄有點盛，墨綠色帆布雨棚伸進路中央遮擋，陰影胡亂貼在柏油路面，風大搖大擺呼嘯而過，灌入我的領口內，將胸口剛滲生的汗水劫掠而去。兜售金桔汁的小姐臉色陰沉，一但有人走過，立刻巧笑倩兮說：您好、您好……突然間，騎五十CC粉紅摩托車的暴走少女猛衝金桔攤旁所剩無幾的空間……不是來尋仇的，金桔少女接過暴走少女的問候聲，開始聊天嬉笑，此時，一個逛街的人也沒。

為我煮麵解饞的老闆娘的腦中，也是什麼也沒嗎？浸於盆中的香菜宛如水母漂浮著，菜香濃厚依舊？湯持續熬煮，大骨精髓已充分融入其中了嗎？坐在四根細腳頂著一片薄如人情的鐵皮單椅上，她上半身的重量透過撐直的雙手，壓在膝蓋上，再經深藍色的長筒膠鞋，透入地面。午後暫時的清閒，老闆娘腦中或許有些什麼的：可能是她不孝的兒女，或龐大的債務，也有可能正期待著、期待傍晚，美好的天氣將人潮引出，湧入夜市至店內讓她忙不迭地生張熟魏……。

混濁人世陰鬱大都市，難得這樣的好天氣，就隨之開朗自在吧！那些比核廢料還無用的憂患就沖入排水溝：自卑與妒忌，仇恨與冷漠，虛浮與固執，在高溫中該如細菌盡皆殺除。錯落於層疊雨棚間的陽光苦短，管他蜚短流長、愛恨情仇，就舌胃幸福地漫步在這窄而實廣的巷弄中。

這午後的師大夜市，剔憂剔慮，澄澈蔚藍，和海，挨得好近。

——二〇〇五年四月三十日

西門町沒有流量管制。

走向繁縟的盡頭

想浪擲青春的夜晚，最愛到西門町遛達，我是這人潮總量超載的徒步區一個不顯要的數字。自捷運搭著電扶梯如地下水被運載到地面，在出口處，我駐足片晌，欣賞大型銀幕浮浪誇張的電影短片、煽情惹火的廣告，以及此地唯一的闊朗。

之後，我會鑽入小甬道，走到藝術電影院售票口，看看最近上映哪一國哪一類型的另類電影。我知道不遠處有古蹟紅樓，再跨過中華路，有一棟外牆如ＩＣ版的大樓，藏著另一間藝術電影院，但那都是陳蹟，已不復當年了。

欣賞過電影海報，經過鮮黃的招牌，瞥看店內的老伯伯和腿細粉厚的少女，拒絕民意調查者，收好福音者的傳單，在眾路匯集的廣場悵望，懷念起警察驅離的推車攤販，我喜歡單盞電燈泡照耀滿坑滿谷水果、魯味的顏色組合，恰與牆面吊滿衣服、飾品和運動鞋的窄小店面，相互呼應。這兒是台北最繁縟的藝術特區，東瀛唱片將人聲拉尖到叫春的高度，重低音轟隆隆擊打耳朵，當我受不了這兒的堆砌縟麗，快駕馭不住流行的速度時——我人就轉身，撥開七彩變化的珠簾，躲入台式日本料理食堂。

這間食堂，日日光顧的老人比莫名闖入的年輕人多，客人的平均年齡，獨占鰲頭。此為台北生活的一〇一理由之一，我在西門町食慾的唯一，快餐永遠那麼好吃，數十年不變：火腿、炸豬排、高麗菜沙拉、醬瓜、白飯——看似呆板制式，懷舊的氣味可深深根植在我的味蕾中，搭配大力水手狀的生啤酒，和老闆繞兩句日語談西門舊事……一對酥脆、只送不賣的蝦頭便端到你面前。完食後滿滿幸福的感覺，離開鋁製的垂直椅背，眼角小淚如飯粒擠出，結完帳推開珠簾——

偏執狂似的堆砌縟麗再度出現。

該往何處去呢？鐵鍊當籃網的投籃機器，可以練習命中率；或許走入KTV，一個人孤單唱歌，浸淫在流行歌的情境中；還是由紅色塑膠地毯導引，到藏汙納垢的老派咖啡廳，品嚐惡劣的氣息；刺青？我怕痛更怕癢；性病防治所前，不怕摔的年輕人早提著滑板回家去……

在西門町，我的遛達得要有創意，不能平庸如常民，剪票把自己關進電影院，看驚險刺激的爆破片，遜！幸好騎樓下有書報攤，進口香港八卦周刊，似非而是——印上的都是繁體字，卻讀不懂唸不通，只有女星的清涼照還熟悉，可是統統不准摸，摸了得強迫購買，無情。

西門町的遊興被嚴密管制。

浮淺的都市乏味至極，該結束這一趟旅程了嗎？

幸好還有地方富奇趣，只需繞個彎，拐回成都路，經過一方方窄小的店面，在一對石獅之間止步。抬頭望，色彩豔麗的斗拱和吊籃密密交飾，匾額壓著門楣寫上「媽祖宮」，走進不知該叫穿堂還是三川殿的過渡空間。

迴異次元，就在眼前。

媽祖廟的中庭，有歌仔戲上演，那是我小時候最愛看的：只見露出黃色褻衣，由阿婆裝扮的武生，胸前掛著麥克風，站在辦桌用的四腳鐵椅上，對舞台中央零零散散的演員吆喝。突然間霓虹燈球翻滾，射出絢爛燈光，演員全退入後台，乾冰嘶嘶嘶噴起，瞬間瀰漫了舞台。足蹬名牌球鞋的老生，拿起長矛獨自耍弄，動作有氣無力。

妖怪呢？怎麼不見了！

看戲的人形形色色，臃腫的中年婦人旁，坐著滿頭白髮的失智老人，街友散發獨特的氣味。只有我這年輕人興致勃勃，其餘的，盡皆緘默，只是張嘴、搔首、往塑膠袋挖一口白飯吃，對著破舊老朽的舞台幻境。

中庭給樓房的背面包圍，油煙將水泥牆燻得髒黑，零零散散掛著抽風機與鐵窗，植物在縫隙中掙扎著。回望穿堂，那兩根大紅色巨柱，可非實心，而是由鐵管包覆起來的螺旋樓梯，通往懸空的二樓，保麗龍割出的字說明用途：圖書館。

怎麼有水噴過來了呢？伸手向天，沒有下雨，假山水裡卻有噴水池，泥塑的大象假裝戲水，卻一滴也沒。可能的溼濡處，是廟宇角落的那座神龕，以鋁與玻璃將裡頭的神像嚴密保護，以防被接連不斷的冷氣滴水褻瀆。

得到神明暗示，連忙退到一旁，驚覺到我的失禮。於是恭敬地立正，合十遙對中殿，香煙裊裊，媽祖的慈容模糊朦朧，看不清楚。分隔人神的供桌上，鳳梨造型的玻璃罐盛著蠟油，密密麻麻排滿桌面，一陣風來，焰心被打偏了。

面對神明，心中在問，感官麻痺的我來到這裡，是為了什麼？

此時，我腦中的念頭，和剛才眼見的景象，如同金爐裏的金紙，被焚燒殆盡，心思輕飄飄地，凌越了人群呼出的濁氣和市廛的油煙。在城市光鮮亮麗的背面，有一人工的傳統空間，外表極度粗糙，我卻找到遺棄的鄉間、童年的氣息。

外在的縟飾隨之剝落，拋離失速的逐新趣異，一瞬間，我彷彿看到清新的風景，微微碰觸到超越的存在，在合十默禱之際。
在西門町，還有什麼事管拘得住呢？

——二〇〇六年五月二十九日

輯四：行路幾何

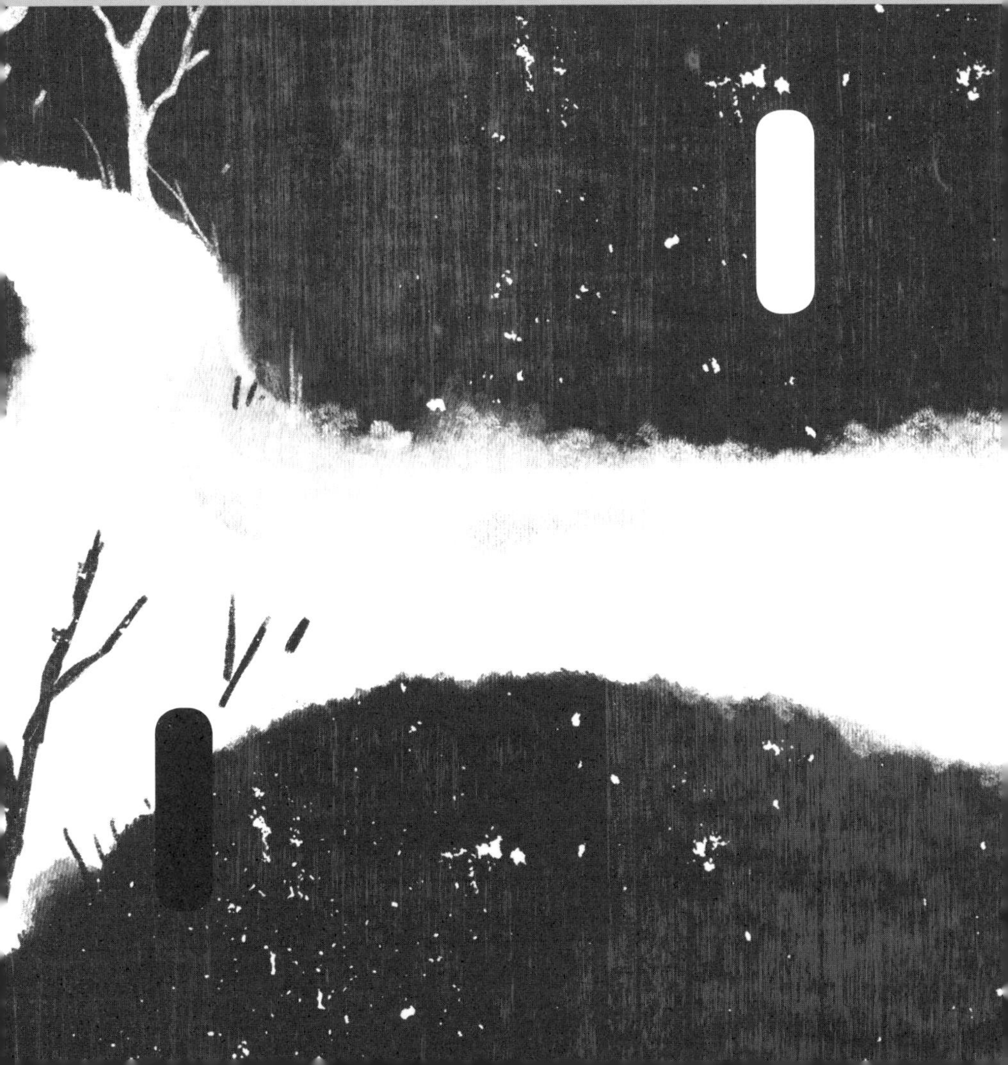

法國阿爾薩斯

殘堡鐵架構

我將筆記拿出，法文字寫著柯比意與廊香教堂，朋友的父母雙手一攤，不知道更沒去過。法國朋友安東仍在台灣，我獨身跑到法國去，安東的父母住在法國東北角，開車載我在阿爾薩斯（Alsace）晃遊。

法國人有法國人的玩法。先到在地的博物館觀賞，安東爸爸披上優雅的圍巾，用簡略的英文介紹當地歷史，從考古遺蹟、雕像到基督教聖物，博物館不大，中世紀就存在，石塊與土黃。

法國人有法國人的駕駛。在路口轉彎要上主幹道時，安東爸爸至少會暫停三秒，確保無車無危，才會換檔加速而去。

我們去登高，安東爸媽常健行的淺山，杵著登山杖，小徑多是石礫。樹林在遠遠的山上，風中飄淡淡的霧，這兒曾是世界大戰的戰場，壕溝與碉堡仍在，我被路旁的野草困惑，安東爸爸說，這是某某berry，那是某某berry，我的知識系譜中只有草莓，不識其他berry。

走訪了鸛鳥築巢的木造老屋，遠望萊茵河，穿越星芒狀城牆護衛的小鎮。路標出現了，粗識法文的我辨識出一座城堡的殘跡，安東爸爸陡然轉入。就只有那殘跡了，就此無它，拿出相機拍張獨照，安東爸爸蹲下來，將我與其後的殘堡入鏡。

十多年後，我和安東已息交，抽出那張舊照，身旁的石牆陡斜而上，與後頭削去一角的古塔相呼應，我伸腳敧坐，將畫面鎮住，斜出的物體呈三角平衡。

我曾經的旅行，片碎的記憶，模糊或亂嫁接，總是出錯，唯幾何的形狀，清晰如鐵。

鐵般凝鑄的幾何，是所有記憶的骨架，我曾經的旅行，以此架構。

英國倫敦

貝克街二二一號B捲線

福爾摩斯是假的，一則虛構，我很樂意去拜訪他。

倫敦的街道，節制的禮儀，貌似台灣日治時期建築的紅磚，晃遊市中心，幽靜如鄉間。路旁車輛前後四輪都給鎖住，警示牌喝令暫停車輛必須熄火，確保空氣的品質，keep London tidy。

循旅遊指南來到貝克街，觀光景點無觀光人潮，假扮的福爾摩斯今天休假，菸斗在二樓客廳，英式裝潢對我是陌生的，滿牆的照片，實驗儀器，桌椅，還有獵鹿帽……這些零碎的事物，暗中帶祕密關聯，得靠理性與科學之推衍，指向一謎團核心，血與屍體，槍與暗號。

門關上，時空錯開，我捲入了一樁兇殺案。剛碰面，福爾摩斯據外套的洗衣精味道，斷言我來自二十世紀末；俯身拾起鞋底抖落的泥土，知道我是東方來的福爾摩沙人；緩緩吸一口菸斗，福爾摩斯說他活著的那時，也有日本人委託者，名字……不方便透露。

活著？你根本就是假的，哪來活著！

三樓坐了位老太婆，在辦公桌前悠閒地聽著古典音樂廣播，這是英國人的氣質。電話聲響起，老太婆話筒聽了許久，勃然大怒罵回去，意思是：沒有這個人，沒有福爾摩斯這個人，你不要再打電話來了！

確知其為假，人是虛構的，老太婆恢復平靜，續聆聽古典音樂，戴上老花眼睛，整理電話捲線。

理得略無糾纏，時空錯開，謎底若要揭開，全靠貝克街二二一號B捲線。

澳洲雪梨

巨大的香檳泡沫

達令港（Darling Harbour）辦公高樓從海面拔洗而出，微冰冷現代氣息，對我而言，是沐浴過的清新與期待。

高樓的窗戶起了光，線條幾何方正，內裡一覽無遺。上班族有海景作伴，同時被展示，給路人欣羡或偷窺，冰冷海水洗滌過的工作場。

我走在港畔，往雪梨歌劇院而去。從旅遊指南初識 Tram，與已知的 Train 碰撞，英文字母與車體如此相近，Tram 與 Train 在舌頭與腦中來回滾動，越滾越糾結。

觀賞歌劇前，我模仿舊歐洲貴族，優雅地吃份晚餐。就在歌劇院旁、堤岸夾層間餐廳，點了份法式鴨排，拿刀切片叉入口，味道真不錯。

雪梨歌劇院的外型猶如切梨子，連續動作給時間定了形，再給無數的觀光宣傳將我的印象定形。驗票後我走進內裡，粗壯的水泥筋肋糾結在心，反將時間緊緊挽拉著。

莫札特《費加洛婚禮》，十七世紀情景移到二十一世紀，我看的這場古戲新詮，布景乃現代家居，詠歎調唱出古典情懷，在梨子的果核中，時間來回滾動，越滾越糾結。

中場休息，從最高層步下大廳，一排落地窗展開雪梨灣景。樓梯間有西裝禮服，衣香鬢影地走動著，航空公司VIP會員獨享，香檳塔早擺列好，水晶杯從底漸次削減疊放：金黃色、均衡、燦亮的三角形，透明酒體浮動著氣泡，短短幾秒間，將雪梨灣包覆其中。

中國哈爾濱

冰雕之上

火車抵達哈爾濱，整團人都感冒了。

橫越中國東北，從大連開始，坐軟鋪遊玩瀋陽、長春、吉林，終於來到了松花江畔。二十世紀末，中華人民共和國的巴士暖氣還不太靈光，人包裹如熊，厚手套無法阻擋指尖凍僵。入夜的市區，黑黑暗暗，零下二、三十多少度確切多少失去意義，晚餐依舊山珍海味，整團人的筷匙幾乎不能動。

這趟滿洲國之旅，坐火車一個禮拜，就為了冰雕節。臉面乾澀鼻頭紅腫，還是得走到公園裡頭，一座座冰雕打上各色霓虹，枯枝下玩得高興的是本地人，我們這團南方人半小時就受不了，趕緊上車。暖氣不靈光，幸有同團人哈出的熱氣。

回飯店的路上，地陪說：松花江入冬結冰，凌晨天將亮之際，冰層上杵著一個個人，行將就木的他們，看不到彼此的臉，預習死後的世界，學鬼魂問候聊天。然後，路旁就燦然光亮了，俄羅斯大教堂打上各色霓虹，建築體粗厚民俗風裝飾，頂端的洋蔥圓頂，插立十字架。

飯店之巨碩甚於教堂，我們這團人衝進大廳，終於有暖氣，解開領口脫下手套，趕緊回房。

於是，他要去按電梯按鈕，突然拉出靜電；手指靠近她的臉龐，也被電到；教堂洋蔥頂的十字架，接收上帝的訊息，也是電，一條然的線。

日本函館

夜景延頸秀項

函館空蕩，出乎我的意料，週日下午，市中心人車寥寥，還以為走錯地方。但真有電車通行，街道名「銀座通」，五島軒是老店老屋，對面有塊空地，鐵籬笆圍起石子和雜草。

北海道第三大城市，曾遭遇多次大火，太太查找資訊，網路是這麼說的。女兒們頗能走，爬坡到了纜車站，排隊的多是台灣旅客，我跟孩子說，這就是流籠頭（liû-lông-thâu）。

在山頂俯瞰，遭多次大火的街市，清爽得很殘酷。孩子們不懂景致，可懂商店的哈密瓜牛奶糖，坐在落地窗前，夕陽將其影子按壓牆面。

函館山與本島之間的陸連地，一邊是函館灣，另一邊是津輕海峽，水岸如隱形眼鏡的圓弧，往內將市區輕輕托住，那是，女孩子細緻的頸。

向晚的澄黃夕照抹上，我忍不住攝影又錄影的，小女兒承受不住，旅途奔波累得哭鬧想睡，北海道夏日的風還是霜冷，著名的函館夜景就要浮現。

公車寥寥，一家四口提早下山，司機熟練地轉彎，延頸秀項仍在我心中，山之頂響起歡呼聲。林間樹幽黯筆直，在流逝在縫隙間，是一層濃稠如麥芽糖的餘暉。

司機將車暫停，貼心地讓我們從轉角的開闊處，遙望夜景之部分。懷抱中的小女兒，雙眼迷濛成一層麥芽糖，也隨之收闔了。

澳洲墨爾本

輪盤

中年男子東方面孔，口中的語言我聽不懂，與身旁的女人冷肅討論，手中握著紙條，握著計算好的公式。

下好離手。男子將代幣齊齊整整置於四個號碼上，真準！球就落在命定的坎陷中，這場俄羅斯輪盤，我壓偶數衪來奇，男子迎來滿滿的代幣，堆成小山。

綠絨絨牌桌圍繞的全是東方面孔，梳著油髮、手臂健壯的年輕荷官也是，口中吐出流暢的英文，推測是土生土長澳洲人。

幾回合下來，我百元美金換來的代幣將罄盡。男子面前的山越堆越高，紙條到底寫什麼？

荷官瞥了一眼，唸唸有詞。

絕處逢生。賭局的格式我漸摸清，分顏色、大小、區域，將邏輯與算計推到一旁，我隨機押注，果真福至心靈，荷官將代幣疊好送到我面前，手勢真優雅啊！

凌晨五點，賭場是寂寥了些，吃角子老虎不懈轉動。想到前天初履墨爾本，無處不青翠草皮，給晒日野餐的人們給板球橄欖球，市區色澤鮮亮，電車悠悠哉哉，不受拘束的藝術躍動。搭船領略雅拉河（Yarra River）自然風光後，來到購物城的慾望之河，誤入賭場，展開我人生第一場西洋賭局。

最後一枚了，我累了，輸了就輸了，快點回旅館睡覺才是，數字共六十，我壓其一。男子玩野了，與女人縱聲大笑，不知節制地點空酒杯，睇一眼紙條，將如山的代幣切分為二，壓上。

輪盤依然發燙，小球兒墊腳嬉跳，藝術還是機率？誤入了我的號碼，一枚分身為多；男子坎陷，綠絨絨牌桌的山被收回，荷官轉了轉頭，說：

It’s a funny ending.

美國新英格蘭

不同的火車

搭火車非常態，在二十一世紀的美國，世貿大樓凹成窟窿，煩惱重建中。我和太太在車站內，狼狽奔突，行李箱沒裝炸彈，度蜜月的我們有點火了，此移動非常態——火車票好不容易到手，Amtrak 美鐵，紐約往波士頓，等待仍長，先找地方充饑。

同樣 Donuts，同樣咖啡，老早連鎖的美國此店，味同嚼蠟。隨手買了份繁體字報紙，刊登訃聞與帶時間差的新聞，副刊印著熟悉的作家名，原來，美國的華人是如此這般。

旅程啟動，車廂空盪盪，扳平座位前的餐板，沉甸甸，鋼鐵粗重得過分——這是個不精細的國度，無處不誇耀其物資之雄厚。過往是新大陸經濟引擎的主動力，橫跨東西岸的建設，鉅子大亨，戰爭，更有強大的慾望，在鐵軌上移動。

Steve Reich 的 Different Trains 同步播放，以火車的鏘啷奔馳為底，在鳴笛廣播人聲中夢遊，漫長車程重複單調潛入生命軌道的演奏似非而是……新英格蘭此路線並不惆悵，展開地圖，一條從容的線條拉了出來，途經 Connecticut、Rhode Island 到波士頓，地名怡人，且靠岸而行，嘩然的速度劃出開口，岩石與大西洋的海水同其清亮，轉瞬即過，山崖上的優雅房子留下針筆般的面海側影，基座拉長往上的線條通往攢尖的屋頂，與火車同其奔馳，一靜一動，是我心中的新英格蘭海岸。

美國波士頓

摺紙的巨人

車體寬大，卻因巨人而窘迫，鄰座的我，真是難堪。

與太太隔走廊而坐，巨人靠窗打盹，掌間有張錫箔紙，吃口香糖餘下的，脆薄的響聲將我的聽覺揉皺後攤平、摺疊後再撥開。

波士頓往紐約，廉價巴士奔馳於水泥高速公路上，黃昏黯淡。

連聲招呼都沒打，巨人就批評起布希：說九一一後這國家就壞了，出兵攻打伊拉克，軍火商趁機牟利，愛國主義是尚，美國徒剩空洞骨架，牛肉給共和黨吃乾抹盡，留骨頭給人民啃，這是自由民主的悲哀……。

座位侷僂了巨人，巨人垂首對著自己的掌，續連玩弄錫箔紙。憑著稀薄的光，我辨識出毛與斑。

像在教堂隔了片板子向神父吐密，我也說台灣的政治很糟，總統胡搞，媒體亂報，民主政治都沒個好樣，亂七八糟。

巨人頭垂著，沒有反應，不知聽不聽得懂我的破英文，從頭到尾未曾回話。

是睡還是醒？

自顧自地說，他是波蘭人，從小跟父母移民到紐約，拿到博士後在大學教書。聽不懂研究領域是什麼，那英文太深奧，聲調太平板，但我卻清晰捕捉到：Alzheimer’s disease。

是的，阿茲海默症，我很抱歉，你要保重。

我詞窮，他續說，通往紐約的公路有夠水泥無聊，耳側叨叨絮唸，我只是聽著，巨人將掌中的錫箔紙攤開、摺疊、攤開、摺疊……栩栩然停止了，巨人的頭垂得更沉了，單調運轉聲壓低巴士內的一切，此番睡去，不知會不會醒……。

中國雲南

明永冰川

人類學博士說，冰川就在前頭，隨即轉頭用台語跟我透露，昨天跟這些藏人談價錢，頭人抱怨我們漢人痟貪（siáu-tham），狠心殺價，欺負他們康巴人。

藏人牽著馬牽著我們一行人，山路不陡峭，但屁股好痛，台人乏策馬之肌肉。下馬休息片刻，我瞧見一顆石，刻滿藏文，人類學博士說，這是「嘛呢石」。

路徑之轉折再轉折的盡頭，就是萬年不融的冰川。現是夏日，或許稍稍融化滴水，順著就匯入了瀾滄江，流經那間簡陋的寮仔、替我們料理松茸的野店，端上桌時分量頓減，嚴正懷疑那貴如金的菇蕈被偷天換日，一入口，野味難耐。

日光撤離，野店四面八方湧來碳黑之影，同團女子甚多，趕緊躲上山腰的旅社，男人們固守門口，整夜沒睡。

人類學博士再用台語跟我說，無代誌啦！鑿山開路的工人比藏人還可憐，昨晚生火喝酒跳舞唱歌，是空山寂林中的娛樂，無代誌啦！

我不怕，我只是看到，喇嘛廟前，人之五體投地。

繞到廟的後頭，冰川就在那兒，我跳上去摸了摸，並不冷。順著冰面延伸而上到梅里雪山之頂，順著山稜延伸出凝凍的白，曾有中日聯合登山隊，為了攻頂不幸罹難，生與死都降到零度以下，都在寬厚的山體之中。

喇嘛廟傳來神妙的頌經聲，我停在冰川上，如嘛呢石上的真言，凝然不動。

香港中環

做二樓的仙

香港是筆做的，一根根大樓那麼細長地插立，這裡沒有地震，想要多高就有多高。香港無處不是人，地鐵隧道沒有拉長的效果，反倒是縮短，將人與人擠壓於車廂。中環的電扶梯特別長，可以輕省腳力，我卻覺得漫長，移動被操控，相當不情願，索性多走幾步，將電扶梯截短。

一座廣場，將全世界的名牌匯集，繞了一圈再繞上去，如皇家工藝手提包的車縫線，妥妥貼貼不虛耗時間。

電車是古老的物事，座位生硬，叮叮噹噹地響，很輕靈很愉快，那巨幅廣告中金髮模特兒的內衣特別流線，電車叮叮輕浮而去。

天橋在上頭跑著，外勞外傭席地而坐，很自在比我自在，很安心比我安心，吉他唱得悠長，倒頭睡聽音樂，期望這假日可以無限拉長。

我穿繞著穿繞著，來到中環山頂的酒店，罕見地騰出Lobby空間，走在地毯的廊道，俯瞰維多利亞港，我是在山頂，我是在金錢堆之尖，不必忙著來回穿越，電車、地鐵、天橋、手扶梯，名牌包是匆忙的，短暫的虛幻的優越，在中環山頂，做一日的仙。

來到了二樓，對我來說是三樓，書店插滿擁擠城市最有餘裕的字，我抽拉出來，抽拉出電車、地鐵、天橋、手扶梯……名牌是凡人提的，書是仙人讀的，搭乘文字如坐電梯直衝往上，在二樓書店，做真正的仙。

法國巴黎

馬

盧森堡公園旁的百年公寓，我按下電鈴，壯起膽子說：Je Sui Cheng.「敝姓鄭，您孫子安東的台灣朋友，不好意思，要在您這兒借住兩宿。」心裡頭如此演練，門開了，果然是位優雅的老太太，哇啦啦法語，我蹩腳英文，語言迷宮排闥而入，猶如電影般的場景，盈鼻的舊時間，濃淡得宜香水，老歐陸原木雕花地板與傢俱，牆面流動著花紋壁紙布掛藝術品，外傭及時將地毯鋪好，似是為我專程而來。

入口櫥櫃上有把手槍，沉甸甸老骨董，我試圖擊發，失能的空包彈。

老奶奶的台灣朋友依時而來，特地為我們通譯，真是貼心啊！我再三致謝，老奶奶還是那麼優雅，讓我陷入害羞、陷入沙發中，在人情世故的基準線之下，我發現了馬，Le Cheval，繪畫、擺飾、布偶，客廳內無所不在的馬。

原來，先生在世時熱愛馬術，更深愛著她，生日禮物或出差時偶拾，就會將馬帶回家。

客房的床鋪棉被雖老舊，可相當精麗相當舒適。早餐後出門晃遊，萬神殿、聖母院與新橋、法蘭西學院，晃過羅浮宮穿越杜樂麗花園，在一台高檔跑車前挖香草冰淇淋嚐嚐，去巴黎歌劇院揣想《歌劇魅影》，拉法葉百貨頗無聊，買了條絲巾給我生命中的女人們，頂樓的日本料理頗有水準等等……晚餐時分，向老奶奶回顧一日所得，也不知聽不聽得懂，啵開疲乏的軟木塞，為我倆斟杯紅酒，果然是法國人。老電視播放著足球賽：

「在巴黎豈不美好？」我的破英文她竟聽懂了。

不！不！不！這世界是越來越糟越來越壞，看不到希望。老奶奶拿起十字架，說起聖經故事，聽不懂，但我真真切切感受到了。

回到台灣，將其著作安妥於書架，雪維尼城堡（château de Cheverny）的研究論文，回巴黎前我就是去羅亞河遊覽此城堡的。恍然間，奶奶回頭打開雕花書櫃，取出一本持贈，簽名，字跡好優雅，我心頭愧疚，遍尋各地，好不容易覓得布袋戲戲偶，Le Cheval，託安東帶回巴黎致贈給她。

安東說，收到台灣來的禮物，奶奶好高興，代她向我致謝。

馬的主人已榮歸上帝，悲觀或美好，都與俗世無涉了。我想，此時的她正深情望著先生，翻上駿馬，原地踏步後縱身奔騰，飛越桿子，在天堂的基準線之上。

英國倫敦

大地之母

千禧的末世恐懼往後都成了船隻切穿的水痕，泰晤士河的水仍是混濁的，未如歷史書所整治的那麼清澈。我順流而下，搶在二〇〇〇年前，往現代時間的原點、格林威治村而去。

千禧眼仍在建造中，摩天輪想轉出何等時代新高度？倫敦塔橋我穿越其下，很笨重的衛兵結構。越往郊區越多現代機能的大樓，Canary Building 這名字插立我心頭，那樣四方壯碩的金字塔屋頂。

千禧圓頂的鋼架猶如亂髮，我試圖去摸捉建築的骨骼，怎樣都想不透其肌理，這是世紀末，混亂騷動就是做大做虛。

下了船，穿行格林威治村，一座寧靜的小鎮，隨手買份三明治與飲料，奔向華茲渥斯（William Wordsworth）那牧歌式的草地，不用進天文台，北極連接南極有條想像的劃過我的身體。

邊吃午餐邊把手機打開，女友竟然來電，GMT+8來的聲音，三、四天失聯，我渾身的汁液都噴薄，時間與空間差距越長，充血的慾望越是飽滿。

還久得很，回家還久得很，我躺在草皮上，有雕塑作伴，柔軟的線條迴環原始的圓，一種很舒妥的體溫。

解說牌寫著Henry Moore，哈！事前的功課全不費工夫，英國最著名的現代雕塑家，以大地之母的形象聞名。我躺臥其中，現代時間的人造原點，柔軟草地真是母性的溫柔，望著遠方，我哼起了歌，像位詩人，我是華茲渥斯。

澳洲

塔斯馬尼亞惡魔

說來有點好笑，本來要去塔斯馬尼亞的，翻開Lonely Planet指南，搭船或坐飛機都頗複雜，加上雪梨往墨爾本的班機差點錯失，事前打好的票竟是國際線，櫃台人員真好心，幫我換個班次，反正有得飛就行啦！

不知是滑稽還是可悲，往機場的路上，那個開Jaguar的接送人員，知道我是台灣人，眉開說他知道偷拍光碟，女政治人物赤裸裸上國際新聞，Jaguar男說那沒什麼啦，反正人生就那樣，不去工作才是生活，有工作的人不懂得人生，他摸了摸光頭，笑嘻嘻的，我是他突然想做點事的case，機場接送來回，就這樣而已。

說來有點滑稽，人說來澳洲一定要去看看那些野生動物的。專程買票進動物園，袋鼠、鱷魚、無尾熊，還有小時候去籤仔店蒐集貼紙時，有蓋印章的特別款鴯鶓（Emu），真的有此鳥，在我面前走動，我渾身搔癢腫脹，口香糖扭起趕緊去尿尿。

塔斯馬尼亞就不去了，死心眼就要去找塔斯馬尼亞惡魔（Tasmanian devil），在動物園的尾端，料想不會太恐怖，但真的也沒有太恐怖：黑厚粗壯的短腳小動物，像臘腸狗與老鼠的合體。

就一直在繞圈圈，我偷窺牠的那十多分鐘，只做那件事。短腿繞著圈圈神經質地繞著，連我都焦慮了，黑色的惡魔有尖牙有利爪，只是繞著圈圈，如光碟不斷地轉動著。說起來好笑，惡魔就是如此，凶起來看似恐怖，但神經質地讓自己迴圈神經質，偷窺或被偷窺的，一吼叫起來，便滑稽好笑……。

法國巴黎

三塊畫板的共時或連續關係之空間可能

我凝視Three Figures in a Room，房間中的三種體態／人影／肉體。培根（Francis Bacon）的三聯畫，視線在三塊長方形畫板間游移，斷續成橢圓形的平台，背景灰黃、平台土灰、三具人體也是灰髒不潔的。中間的人體側躺在深藍色的沙發上，彎曲的膝蓋遮掩雄性生殖器，我認為他睡著了，溼滲的夢讓那具皮囊就要翻落了眼看。我面對的右邊肉體，把自己扭轉成一具獨腳椅，轉了好幾圈，手臂抬高露出胳肢窩來，就要被畫面的邊緣劃破。我左邊的馬桶是唯一有影子的，水管像糟透了的尾巴，接上那男人的肛門，背著我翹起二郎腿，苦思中。關於這三具肉體／物體／自體的關係，切作三塊畫板彼此聯繫在一起，是同一空間的三塊物體？還是一物體於橢圓形平台上之三階段展示？塗抹同時也是長時間曝光的模糊？精神困擾的人腦掙扎？平白房間的無聊動作？我這觀看者將三肉體定位，建立關係，拆解關係，千百種可能的變化，全在這灰濇的扭曲中。

讀大學時偶在圖書館蠹蟲塵屑間發現培根，借回宿舍一再翻讀畫冊，扭曲的臉面與蒼白的背景是彼時心靈的映照，畫切成三等分如基督教的聖壇啊！受難的是現代人，學校宿舍的水泥走廊通往龐畢度中心，水管躍動色彩拼組館體，戶外的米羅雕塑嘻嘻嘻打機械水仗，現代藝術展快到末尾，我的美感就要失明，培根終於親眼得見，滴下油墨般的我，凝固不動，三聯畫的自體，便開始搔癢、惚恍、扭結，連吶喊的念頭都不曾起。

日本北海道

羊羊

淡淡的時隱時現，太太發現了，在洞爺湖的遊輪望見那浮世繪之山，女兒說像冰淇淋，熱燙燙融化流下來真噁心，又改說是發怒的紅毛猩猩。但眼前所見不會錯，景色如漫畫被完形描摹，日本人真的就身處在那稜角粗野磨去的形體之中。

駕著車，往羊蹄山而去，先繞洞爺湖一周，牠依然在那裡。

陽光晴明而不過熱，將底下的萬物朗照得深情。北海道的路幅不寬，但路況與車子都超級規矩，連修築道路的工人都將臉緊貼地面比對，態度一絲不苟。

盤繞的山路奔馳起來很是愉快，轉出山林，牧場的壤土正吸收著陽光的溫暖，農人駕著耕耘機，將土壤翻得蓬鬆快意。我停下車，以羊蹄山為背景，拍攝那慵懶的羊兒，羊後有羊，我洋洋得意，羊兒卻看都不看一眼，伸出長舌，將天真美好捲入齒內嚼食。

臨於羊蹄山腳，漸下坡的寬闊大路，兩旁有電線桿拉出縱深。停在透天洋房前，太太孩子到裡頭吃拉麵去了，這荒遠之鎮沒啥人車，我跨至路中央，對牠這麼說：

羊蹄山啊我不往你而去，不到你的腰間或頸項去敲打你的真實，你就在我面前，不管是發怒的紅毛猩猩或融化的冰淇淋山，管你看不看我，管那些羊兒的天真美好。吃完拉麵，將悵望飽吸入肚，下一段路程，我就要繞過你的羊蹄，到余市的酒廠去醺醉威士忌了！

法國巴黎

將光按壓到對角

打開筆記本，抽出鉛筆，我想寫首詩。

已在巴黎華麗的街道兜遊數日，飽覽屋頂雙摺的曼薩爾與街屋之奧斯曼壁畫，人類最偉大的繪畫幅幅過眼。往東，我往史特拉斯堡（Strasbourg）而去，初乘T.G.V.的新奇感早消退，窗外的風景千篇一律。

這法國的高速鐵路略略老舊，車廂內沉靜得很。捨原子筆，鉛筆較為法蘭西，潦草寫了幾個字，不甚滿意，用筆頭的橡皮擦拭去，塗塗改改沒有結果。

筆記本暫放椅墊，微微膨脹，光扯拉窗角的影，按上。

翻開旅遊手冊，此高鐵路線切出北法，那兒有座城市漢斯（Reims），建築樣式有所不同。法蘭德斯有道美術流派，我浮光掠影地讀，這次是無緣一見了。

再拾起筆記，定可以寫些什麼的，這是浪漫的法國啊！那麼豐富的藝術定能引發我浮想聯翩，就像那些大文豪一樣——且是一個人的旅行，遠離了課業與俗世，勇於在異國流浪，這不是詩？是什麼！

T. G. V.高速奔馳，將光按壓到對角，陰影中沉浸，我靜冷寫詩，三、四行鬆散的字句，意象寥落。

我有一整個早上的孤寂，可以寫首情懷滿溢的詩，我應該完成的。

整個世界都在幫我，如此多的意象與心情可採擷。在繁縟的法蘭西，我簡略到只剩骨立的方窗，陰影將我收入深陷的座位，筆記本擁抱鉛筆，在微微凸起的座位上擱淺，隨車廂抖動。

中國蘇州

鑽入踅出的空漏透

才來第二天，我就發願，另日要來蘇州城住個把月，啥事也不幹，就為踏遍一切園林。

夏日高溫攝氏近四十，蘇州的地陪咧嘴笑：「百多座你逛不完的！」

一道圍牆裡藏一座意義森林。拙政園氣度最沛然，滿園的花朵相迎，步移景換，迴廊、亭閣、池水、遠景，處處暗藏密碼。我慢步款移、近諦遠望，將意義連同美學，一一解碼。

更愛獅子林的石頭，放想像在皺褶孔隙間出入，那是立體的漢字，拆解部件、互為串連，四面八方連繫義理情思——不過是地球演化中地殼擠壓、風水蝕磨的硬物，獨具慧眼的人們拾來，在豆子般的蘇州城布局，文人心思傾注，死物有了活潑潑的生命。

旅行團太匆促，虎丘加寒山寺與些許園子後，只剩半日的自由時間。聽說人民路的蘇州古書店有寶，我揀了些奇書，偶見對面是園，毫不猶豫買票探入。

敲遍花草木石、堂閣軒庭，滑行在窗花雕飾楹聯題字之浮面，漸有點乏了——解碼的餖飣樂趣很迷人，但若百園全覽，恐雕續滿眼、厭極膩極。

邊想邊鑽入清涼的洞穴，四壁岩石醜怪，但都醜得有理。初容身，後側行，對這文人的孤峭曲折漸感不耐了。攀著蹬著趦出了洞，恍然間昇到池中之亭，登臨一望，清朗自在。

曲盡心機就為最終的豁然，我點點了悟了。

美國波士頓

雙城哀傷

是日，波士頓大雨，和太太玩樂到深夜，搭綠線地鐵回飯店，車廂內塞滿紅襪球迷，疲憊的紅與綠，溼答答的溽熱不適。

二〇〇四年，美聯冠軍賽〇比三落後，紅襪連贏四場逆轉，將洋基打成落湯雞，再接再厲掄得ＭＬＢ總冠軍，打破高懸八十六年的貝比魯斯魔咒。

二〇〇六球季的最後一天，波士頓沒有好消息，不要說冠軍，連季後賽都無緣。比賽因雨斷斷續續，打到深夜只到五局宣佈結束，比賽有勝敗但很掃興，一個無言的球季，往昔的榮光黯淡了，紅色的帽子溼黑，透明雨衣罩住鬱綠的連帽Ｔ，唯那雙襪子Logo清清楚楚，球季瘋狂了半年，最終是泡爛的結局，豈不哀傷？

「Yes, sad ending.」紅襪迷這麼說。

蜜月旅行的最後一天，在紐約的麵包店等機場接駁車前，先到小義大利晚餐，太太依依不捨，因為洋基隊。

二〇〇六，王建民最風光的一年，全季十九勝，還膺任季後賽首戰主投。好不容易買到票中樂透般進場觀賞那歷史的一刻，Wang投得差，幸隊友相挺掄得勝投，觀眾席上的我們瘋狂了，紐約瘋狂了，台灣瘋狂了。

從紐約玩到波士頓再回曼哈頓，紅襪迷的我，希望洋基能繼續打下去，只為王建民。

餐廳戶外電視螢幕，老虎隊投手飆出最後一球，季後賽首輪淘汰洋基，王建民的球季隨之結束，我們的蜜月來到尾聲，sad ending。義大利麵難吃無比，行李的滑輪轟轟作響，二〇〇六台灣的ＭＬＢ嘉年華，就此劃下句點。

日本福岡

中洲洲心

今夜我不去屋台，屋台是昂貴的路邊攤；我想吃點洋食，離日本越遠越好。

走在福岡的中洲，被那珂川與博多川胯下夾得騷汗鹹溼的中洲，牛郎店廣告群聚金絲貓，粉嫩男子才得擄獲東瀛女的心。規矩的日本人都計程車煩亂了，酒精偕同性器忙著運輸。

昨夜，我走過河畔的屋台，徘徊半小時猶如尋芳客，最終在橋畔落戶，攤子到處是破洞，關東煮像橡膠，拉麵料少湯稀，只有人味還稍微濃厚些。鄰座的工程師派駐長崎，今到博多出差，藉零落的日文與紙筆漢字，我們聊起日本戰後經濟發展史。

連吃幾天的日本料理，想離日本越遠越好。今夜，推門入ＰＵＢ，吧台有啤酒客，我在高腳椅上獨對電視螢幕，不是棒球足球也非相撲，那位東南亞神鏢手過關斬將，把白人修理得七零八落。我的門牙像斷頭台將薯條一段一段切入嘴，神鏢手有個習慣動作，左手抹額右手再抹才撮起飛鏢，正中紅心。

推門出PUB時，電視閃爍出勝利的歡動殘影，研究了許久，仍摸不清飛鏢計分的方式——就像黑西裝小鮮肉上班族，給濃妝的熟女挾住胳膊，一團人在街頭蹬蹭蹬蹭。熟女頂一頭蜷曲金髮，恨天的高跟鞋醉步，皮膚上那一層虛假讓熟齡理所當然。

小鮮肉真愛她？酒精、性交還是純純的聊天？

今晚，沒有屋台與拉麵，在中洲的洲心，我要離日本遠遠的，遠遠的如那根飛鏢，正中熟女的魅惑紅心。

法國

亞維農之牆

我沉睡著，亞維農（Avignon）的夢給城牆環抱著；我躺在旅館的臥榻，那是樓梯間硬挪出的三角窄隘。老房子的一動一靜形象化為蜂，輕拍著薄翅歸我耳中的巢，凝縮成一滴滴蜜，抹在牆面，那瑩黃色的光。

隨著階梯而上，一面面的牆在我面前，抽換挪移刷刷刷刷組構砌築，教皇的宮殿，清爽的廣場，有人唱夐遠的歌，往玻璃藍的天。

城內的食肆，美國女人自隔壁桌伸出馬靴跟我訴說來歷，我說下一步要漫遊到法國西南，那兒有座城市圖盧茲（Toulouse）。

美國女人說，那是航空的重鎮，聽說有座工廠爆炸了，Blow up，勸我別去。

馬靴如鐘擺，時不時頂上我的牛仔褲。

爆炸，藍天的玻璃碎裂，飄落成大小形狀迴異的牆，我在平面間轉折失途，夐遠的的歌聲真神妙啊！牽引著我穿越那若有似無的小拱門，沿著城牆而走，繞了出去，一座古橋跨越河流，通往夢中的旅館，樓梯一聲響飛出一隻蜂，飛向房間中的我，在耳內築巢煉蜜且滴了下來，淡淡的蜂蜜色的牆，砌築著中世紀的夢，美國女人的誘引，穿越若有實無的小門，通往亞維農的跨河大橋直挺挺，有人吟唱敻遠歌，玻璃藍的天空完好如初，一面面石牆構築城堡，沉積在夢的最底層，淡淡的一層，蜂的薄翅，瑩黃色的光。

中國雲南

從對面看瀘沽湖過來

小巴駛進合院，第一眼，伊能靜與蘇有朋的褪色海報；第二眼，抽菸男子，陰笑的臉龐。

自麗江翻山越嶺兩天，終於來到瀘沽湖，聞說摩梭人是澈底的母系社會，要從對面看過來。

傳統服飾華彩沉重，摩梭女人個個壯如牛，忙上忙下身輕如燕，擔柴生火，殺剖全羊，叉在架上滴油烤。如此忙碌還要應付我們的提問，沒錯，媽媽決定家內大小事，隱約知道爸爸是誰，但那不重要，男人都去山上放羊了，一切的粗活與家計，由女人負責。

我讀簡體字書，寫到走婚：男女一起狂歡跳舞，女若對男有意思，就在手掌心撥一下。深夜，男人在松果塞豬膘肉誘開惡犬，躲過機關（掉下去就要陪畜牲睡一夜），撥開女人的花房，成為入幕之賓。

但摩梭女人竟笑著說，她們迷戀台灣的連續劇，嚮往漢人的社會，說不定未來某日，母系會轉成父系。

喝酒作樂至半夜還要收拾，女人清晨即起，在湖畔漱口梳洗，且備來一艘船，載我們一行人到那土司住過的湖中島。船行到一半，同團的單身男想要幫摩梭女掌舵，手一握，差點翻入湖中。

女系力無窮。

瀘沽湖橫跨雲南與四川，我們在北邊，望著南端湖水無涯涘。

但無論南北，觀光業興起，木材堆料起造新的度假村。父系社會的人們輕率來探奇，從對面看過來；該不會，力無窮的女系，最終將橫越到湖水的另一頭，改了，就不再回頭。

日本關西

與姬路城相對

大阪ＪＲ到姬路，一下車，高處月台，與天守閣相對。

就往那雪白優雅而去，跟所有的旅客同一方向，跨越護城河，知道接下來曲折且陡峭，太太小孩開溜去動物園，我孤身去破城。

從三之丸穿越菱之門，左轉是西之丸，我殺過二之丸，直闖本丸。穿越一層層的櫓，塀的銃孔內寬外窄易守難攻。連立式天守一大三小，猶如貝殼螺旋將我捲入東瀛歷史劇，大天守五重六階，一對心柱自內堅撐，閣內機關無數，投石灌熱油，破風暗間埋伏，最高處一對虎頭魚身的神獸相對，名為鯱。

破城途半，坐在二之丸的大樹下，悠閒望著。

好奇鄰座的老婦人，怎麼別著台灣旅行社的牌子？不識繁體字，人在加州報名，到日本旅行，公司是台灣來的，她是美國人。

風從那個方向吹呢？穿越空間還是時間？

婦人說她老了，自忖膝蓋與體力無法承受，同團的旅客都去攻頂了，就在底下望著姬路城。既無力登臨，就遠遠地望著、靜靜地看著，這城多美啊！這樣望著多好！邊聊我邊觀察，婦人體態臃腫，髮色灰白，皮膚全是斑，但眼神散發智慧，知道自身的極限。

到了她的年紀，我會有自知之明嗎？

所有的攀登都有極限，在天守閣的最頂樓，透過窗隙與鯱相對；展翅的姬路城，與車站的我相對；我與不捨的心情相對，對著白鷺飛翔的模樣。

愛丁堡迴旋

蘇格蘭

櫃檯講的是英文，我只聽懂：Do you understand?

蘇格蘭腔懂不懂無所謂，我要趕緊躲入旅館房間。台灣是盛夏，蘇格蘭空氣冷如冰，硬將行李箱死拖入電梯，門關起笨恐龍，遠古的速度緩緩上升，樓層一到，彗星撞地球般猛顫抖，陡降了一個世紀，好似世界末日來臨，門打開神經質。

真是嚇死我了，此後只敢步樓梯；真是冷死我了，幸好旅遊手冊警告，趕緊鈕上外衣。走在高低起伏的老城區，古牆與舊塔給時間刷了黑，路中間有男女擁纏，真是青春的特權與炫耀，情人們吻給我這鄉巴佬彆扭。

觀光巴士繞出我的愛丁堡浮影，幾百年的古城，無數的老屋與厚實牆壁。古堡早失去防禦功能，我這觀光客邊走邊拍，艱難地讀著英文解說，吹管風琴的老頭鬍鬚吹白，腰繞鴨綠格紋裙，我拎出硬幣。

平凡人家最迷我的腳步，廣場一口小噴水池，旁有公共穿堂引我步入，從未有的空間體驗，鑽進去是幽靜社區，穿出來小路鋪石也鋪上我的跫音。向晚的霧淡遠了想像，找了家餐館坐下，一塊扎實的牛排，點綴幾顆藍莓，只有這樣。

英國七日滋味最美的一餐。

廚師白圍裙未脫，在餐館外歇息，我比了個大拇指說「delicious」，廚師搖頭，回以「délicieux」，對啦，這是家法國餐館。

「好吃」，廚師會講中文，我搖搖頭，台語說：好食（hó-tsia̍h）。

蘇格蘭

平行於湖水之上的暮光

彼時仍不識威士忌，持的是那一點蒼茫草原的幻想，搭上Day Tour 小巴，導覽員說要去看Loch、Loch、Loch……。

跑了一個早上，才憬悟那是蘇格蘭語的「湖泊」。午餐在Oban 濱海小鎮自行解決，滿天滿地溼淋淋黏膩膩的雨，衝入大賣場買了把廉價雨傘，竟要台幣五百塊！陰冷的街上連餐館都不怎麼迷人，路旁兜售的明信片，三格漫畫嘲諷的就是rain、rain、rain……手持新買的綠格紋雨傘，出海口的水道散著石頭與垃圾，展覽是碎裂的二戰老兵回憶，回望半山腰，那競技場我沒法與時間鬥獸了……。

下午終於來到了仙境，山巒是怎樣的柔緩交融，讓生發其上的草兒青翠如斯，有一種蒸餾過的純淨與明亮。遠望一座古橋，就在山巒群木間，我遠望著直到明信片收摺，寄往我未來的回憶。經過一泓泓Loch，湖中心的古堡飛來幻想，導遊訴說一則又一則的神話故事，同行的旅客都入迷了，我聽不懂，只是看著湖面倒映的天光。

旅途的最後，導遊要讓大家聽聽真正的蓋爾特音樂（Celtic music），就屏息聽著悠揚神祕的樂音，燦金色的暮光從後而來——從未如此神妙過，那光沒有斜度，就貼著路面，與湖水平行未有倒映，且從後將我托起，彷若我也是那精靈，就要往極地與傳說而去……。

蘇格蘭

方言茂然詩樹

搬離電梯險險（hiám-hiám）高空彈跳的老舊旅館，層疊折曲的愛丁堡老城騰出一方正房間，我英國之旅的最後暫棲處，終於有現代化方便的設施了。電子房卡刷開，三張床的大房間，這淡季也太淡了。不再捲草變形珍珠，大面玻璃與極簡窗帘，一拉開，是尋常人家後院，冷光從天井的縫隙射入，攤在床上的我空透無語。

定要來點浪漫，定要沉浸於文學中，這旅途的末尾，該吟誦詩歌。導覽手冊列出的蘇格蘭詩人，我找到Robert Burns，自書店將詩集夾入腋下，推門入ＰＵＢ的油膩煙薰，點了杯啤酒，今晚，我要好好吟誦蘇格蘭詩歌。

燈光是昏黃，我的意識迷濛，Burns詩簡練、節奏明快，是面向大地與人民的廣袤，是我陌生的蘇格蘭語，鉛印的字母有飽滿的聲韻，抑揚頓挫要以神會。

非通用英文就被稱為方言，聲音先於文字，根著於土地種子飄揚不那麼遠，我在

ＰＵＢ的喧嘩中吃力地讀著，字典難以查找，我咬牙想要發掘的，是方言詩人共有的堅持——未來的我也會如此的，豈是僻於一地的俚俗，而是種子，深密入土定會爆芽盤根，將我的雙腳、桌子與杯子、生啤酒吧台與整堵牆的威士忌、燈具以及繚繞的煙霧、酒氣與我口中吐出的鏗鏘聲都包覆，森然成為這世間最迷人的代誌（tāi-tsì）。

【後記】

路燈陪我遠去

從小，我就對路燈的意象著迷。家住省道旁，門口本植種芒果樹，經多次拓寬也不知何時架起了路燈，入夜，盞盞亮起真是迷人。有時是去門口倒垃圾，或心中的莫名呼喚，不知不覺就來到了家門口，轉頭，看路燈一盞一盞排列而去，於遠方的路面轉彎消逝——遂引發我的想像，看不見的路燈繼續排列，直至夜的盡頭。

夜晚如此抒情，路燈彎垂猶如低頭的女子，挽著黑髮，姿態迷魅。我將此意象寫進〈給父親〉組詩，獲獎且刊登於嘉義高中的校刊。路燈陪伴著我，離開民雄的老家，沿著省道往南到西子灣讀大學，往北在台北讀研究所就業結婚生子，曾熱衷地誌書寫的我，也勤奮地四處走踏、探尋台灣。

自始至終，路燈總是伴隨著，照亮人生各階段的風景：多是平淡平常，有時熱鬧繽紛，偶而有奇特的發現，更有我專注之凝視將其中的奧妙抉隱細細描摹構圖之。

路燈照亮我散文的風景：高中開始迷戀文學專務新詩，直至入伍服役力踐寫日記，算是經營散文之開端。此後歷經雜誌社工作文案琢磨，各種訪問報導實戰訓練，從部落格移至臉書大陸，也有副刊與雜誌邀稿。我將生命路途中捕捉到的風景化作長短參差的散文，專書除外，匯集這十七年的精萃，分四輯編排，成為你手中的《夜在路的盡頭挽髮》。

編輯初期，我整理的順序乃按生命歷程，從童年至成年，自鄉村進城市。感謝鍾欣純之灼見，她是這本書的責任編輯，只稍稍調動了順序便宛然新生：「從現在的城市出發，回顧故鄉與過往，再到全世界。」

輯一「歪斜都市」呈現都會生活的諸般感觸，是外延與內涵的呼應與嘗試。輯二「小巧的局」篇幅袖珍，如多寶格，收納憂思與奇趣。「時光縱貫」做為輯三，則從原鄉起步，書寫稚嫩生命之孕育與探索。輯四「行路幾何」本為《人間福報》之副刊專欄，感謝當時主編李時雍之邀稿，讓我掃描出國的記憶，使旅次中的幾何顯影：每篇短文皆為一幀簡練的素描，是以不照時序不按國別，就請讀者拿起鉛筆，試著畫出其中的幾何圖形。

更感謝各報紙雜誌之刊登與書籍收錄，時間久遠，經手的編輯甚多，無法一一致謝，順聰感謝您的細心呵護。書中許多文章本發表於網路，或只存在於筆記本，現瀏整為一冊，時序跨越甚大，風格內容駁雜，更有筆弱與錯誤處，有勞讀者您包容指教。

若裡頭有喜歡的字句，本書書末附上「讀者筆記」，方便您抄寫，回到手寫的時代，感受筆觸之潤澤。紙幅長度若不足，歡迎多影印幾張，手抄後自藏或同朋友分享，也可寄到出版社轉交給順聰我，拍照下來電郵更佳，mail 請寄 chiuko@chiuko.com.tw。

夜的盡頭終究會天亮，路燈就要熄滅，來不及唱離別的歌，新的一日就要展開。

挽髮者理好了意態，轉過頭來，看著遠處那痴痴望著的你。

請往這道風景前進。

鄭順聰 於二〇二一年四月

【附錄】

鄭順聰作品

◎書籍

一、《時刻表》，華語詩集，二〇〇九年八月，自費出版。

二、《家工廠》，家族書寫，二〇一一年八月，聯合文學。國家文化藝術基金會補助。

三、《海邊有夠熱情》，華語地誌散文，二〇一三年十月，印刻。高雄市政府文化局補助。

四、《晃遊地》，華語長篇小說，二〇一四年三月，木馬文化。國家文化藝術基金會補助。

五、《基隆的氣味》（與鄭栗兒合著），華語地誌散文，二〇一五年九月，有鹿文化。

六、《黑白片中要大笑》，華語詩集，二〇一六年六月，自費出版。

七、《台語好日子》，議論散文，二〇一七年十月，木馬文化。

八、《大士爺厚火氣》，台語弄險小說，二〇一八年十月，前衛。國家文化藝術基金會出版補助，火金姑台語文學基金贊助出版⑦。

九、《仙化伯的烏金人生》，台語繪本，二〇一九年二月，玉山社。高雄市政府文化局補助。

十、《夜在路的盡頭挽髮》，華語散文，二〇二一年五月，九歌出版社。

◎劇本

《化作北風》，歌仔戲，與宋厚寬導演合寫，二〇一九年三月二十三日首演。

◎歌詞

〈風吹田洋〉，嬉班子樂團，收錄於《赤跤紳士》專輯，二〇二〇年七月發行。

〈猶原是我〉，嬉班子樂團，收錄於《赤跤紳士》專輯，二〇二〇年七月發行。

〈山苦瓜〉，嬉班子樂團，收錄於《赤跤紳士》專輯，二〇二〇年七月發行。

九　歌　文　庫　　1　3　5　4

夜在路的盡頭挽髮

國家圖書館出版品預行編目（CIP）資料

夜在路的盡頭挽髮／鄭順聰著 . -- 初版 . -- 臺北市：九歌出版社有限公司，2021.05
面；　公分 . --（九歌文庫；1354）
ISBN　978-986-450-343-8（平裝）
863.55　　　　110003957

作　　者——鄭順聰
責任編輯——鍾欣純
創 辦 人——蔡文甫
發 行 人——蔡澤玉
出　　版——九歌出版社有限公司
台北市 105 八德路 3 段 12 巷 57 弄 40 號
電話／02-25776564・傳真／02-25789205
郵政劃撥／0112295-1

九歌文學網　www.chiuko.com.tw

印　　刷——晨捷印製股份有限公司
法律顧問——龍躍天律師・蕭雄淋律師・董安丹律師
初　　版——2021 年 5 月
定　　價——280 元
書　　號——F1354
I S B N——978-986-450-343-8

讀者筆記